Katharina Bendixen   Ich sehe alles

Katharina Bendixen

Ich sehe alles

Roman

poetenladen

Erste Auflage 2016

ISBN 978-3-940691-77-4

Illustration und Umschlaggestaltung: Miriam Zedelius
Druck: Pöge Druck, Leipzig
Printed in Germany

Poetenladen, Blumenstraße 25, 04155 Leipzig, Germany
www.poetenladen-der-verlag.de
www.poetenladen.de
verlag@poetenladen.de

1

Gleich als die Schiebetüren sich öffnen und mich aus der Gepäckausgabe entlassen, sehe ich ein Lachen. Eine Frau lacht über das ganze Gesicht, und ich denke zuerst, sie lacht mir entgegen. Aber sie meint den Mann, der im Flugzeug neben mir gegessen hat und jetzt hinter mir läuft. Ich lasse mich überholen und beobachte, wie er auf die Frau zugeht. Er breitet seine Arme aus, und sie springt hinein. Die beiden wirbeln herum und geben dabei den Blick auf das Pappschild frei, auf dem in schwarzer Schrift mein Name steht. Ein hochgewachsener Mann hält es fest. Auch ohne das Schild hätte ich ihn erkannt. Während der Landung habe ich mir noch einmal das Foto angesehen, das ich vor vier Monaten in meinen E-Mails fand: Tabea mit Thomas und Meike, ihren Eltern. Ich kenne die Gesichter meiner Gastfamilie schon auswendig.

Vorsichtig setze ich mich wieder in Bewegung, mein Koffer klackt über die Kacheln, und sage: »Ich glaube, bei Ihnen bin ich richtig.«

Thomas schiebt seine rechte Hand in meine, und ich schließe die Finger zu schnell, sodass unser Händedruck misslingt. »Schön, dass du da bist. Waren wir am Telefon nicht per du?«

Schon hat er mir den Koffer abgenommen und ist durch die Drehtür nach draußen getreten. Obwohl ich nur noch den kleinen Rucksack trage, komme ich kaum hinterher. Eher hinter- als nebeneinander laufen wir über den Parkplatz. Von der Seite gesehen, in seiner Jeans und dem verblichenen T-Shirt, könnte Thomas gut in meinem Alter sein.

»Bist du enttäuscht, dass die Kleine nicht dabei ist?« Er wartet, bis ich seinen kurzen Schatten erreicht habe. »Die Erzieherinnen sehen es nicht gern, wenn man sie später bringt oder eher herausnimmt. In solchen Sachen sind sie ziemlich streng.«

Nun muss ich etwas sagen, über die Regeln in deutschen Kindergärten oder über das hiesige Wetter, hoffentlich brennt die Sonne nicht immer so heiß, über den Flug oder über die letzten Stunden, wie ich Sachen für ein Jahr herausgesucht, wie ich mich an der Sicherheitsschleuse umgedreht habe. Ich stelle meinen Rucksack in den Kofferraum und schweige.

Sachte lenkt Thomas den Wagen vom Parkplatz. Die Klimaanlage bläst mir lauwarmen Mief und dann immer kältere Luft ins Gesicht. Draußen fliegen Flachbauten vorbei, ein deutsches Möbelhaus und ein deutscher Supermarkt, dazwischen oberirdische Gasleitungen und eine weiße Werbetafel, die mich zu fragen scheint: WAS HAST DU DIR DABEI EIGENTLICH GEDACHT? Die Sonne glitzert auf den Wagendächern, ein Strahl fällt mir schmerzhaft in die Augen. Als Thomas schaltet und sein Hemd meinen Unterarm streift, rücke ich ein Stück von ihm ab.

»Nicht erschrecken«, sagt er, »unser Viertel ist anders.«

»Ich weiß, worauf ich mich einlasse.« Sofort ärgere ich mich über meine leeren Worte. Ich habe mich doch wochenlang vorbereitet. Nachdem meine Tante mir von ihrem ehemaligen Kollegen und seiner Familie erzählte, habe ich stapelweise Bücher aus der

Bibliothek geholt und das Internet durchforstet. Im Wagen ist es mittlerweile so kühl, dass ich meine Scheu nicht mehr auf die Hitze schieben kann.

»Weißt du auch, womit sich die Leute hier herausreden«, fragt Thomas, »sie sagen, dass ihrem Land kein reicher Westteil unter die Arme gegriffen hat. Nur in der Innenstadt gab es genug Investoren, da wirst du dich wie in Deutschland fühlen.«

Thomas redet von der Grenzöffnung, als lebte er nicht seit zwei, sondern seit zwanzig Jahren hier. Er erwähnt Politiker, deren Namen ich anders ausgesprochen hätte. Mein Blick bleibt an den Wegweisern hängen, ich kann nicht unterscheiden, ob darauf Städte oder Sehenswürdigkeiten ausgeschildert sind. Aber bald werde ich das wissen. Vor dem Abflug habe ich beschlossen, mich auf die neue Sprache zu freuen, genau wie auf Tabea, die von ihren Eltern schon in den E-Mails »die Kleine« genannt wurde. Vom Foto kenne ich sie mit Rattenschwänzchen, wie eine Erwachsene schaut sie in die Kamera. Ihr Lispeln verfestigt sich, auch deshalb haben Thomas und Meike nach einem deutschen Aupair für ihre Tochter gesucht.

»Das muss aufregend für dich sein«, sagt Thomas, »für uns war es am Anfang auch nicht leicht. Immerhin sind wir in Europa und nicht im Busch. Obwohl meine Frau sagt, dass sie sich manchmal so vorkommt. Sie hat mehr mit den Leuten hier zu tun, nicht nur mit ihren Angestellten, sondern auch mit Handwerkern und dem Zoll.«

In diesem Moment löst sich von dem Auto vor uns ein Fahrrad. Eben war es noch an der Kofferraumklappe befestigt, jetzt schlittert es über die Straße. Thomas reißt das Lenkrad zur Seite, ich klammere mich an den Griff über der Tür. Hinter uns hupt es, aber es ist kein Scheppern zu hören, kein Krachen, kein Aufprall, und ich sage mir, dass ich in einem solchen Moment Angst haben darf. In einem solchen Moment hätte jeder Angst, sicher nicht aus demselben Grund, aber Angst hätte jeder. Als mein Herz wieder regelmäßig schlägt, sage ich, und ich lege so viel Sicherheit in meine Stimme, als wollte ich mich selbst verhöhnen: »Bestimmt lebe ich mich schnell ein.«

Am Telefon wollte ich nicht glauben, dass das Haus so groß ist. Ich dachte, Meike will Eindruck schinden, nun sehe ich, dass sie nicht übertrieben hat. Die nächsten elf Monate werde ich in einer richtigen Villa leben, mit einem riesigen Wohnzimmer und zwei Arbeitszimmern, mit einem großen Bad in der ersten Etage und meiner Einliegerwohnung samt Dusche und Toilette unterm Dach. Alle Fensterläden sind geschlossen, es ist kühl und trocken und fast zu dunkel. Von der runden Gestalt im Esszimmer erkenne ich nicht mehr als die weißen Haare und die Löcher der Augen. Das muss die Haushälterin sein, die sich bisher um die Kleine gekümmert hat. Thomas nennt ihren Namen, schon am Telefon habe ich ihn nicht verstanden. Als er mein Gesicht sieht, sagt er: »Du kannst sie Gute Seele nennen, so halten wir das auch. Das Kinderzimmer soll dir dann die Kleine zeigen. Am besten, du packst erst einmal aus.«

Ich bleibe allein auf dem dunklen Flur zurück. Auf meiner Haut liegt Schweiß, ich erkenne den großen Spiegel und den Telefontisch nur in Schemen. Jetzt muss ich meine Füße vom Boden lösen und nach oben steigen, ich muss die Fensterläden öffnen, meine Wäsche im Schrank und mein Waschzeug im Bad verstauen. Den leeren Koffer schiebe ich unters Bett und lege die Gastgeschenke zurecht, stapele Reiseführer und Wörterbuch auf dem Schreibtisch. Dazu stelle ich das Foto meines Freundes. Es ist nicht aktuell, doch es ist das Foto, das mir am besten gefällt. Seit Jahren begleitet es mich auf Reisen, genau wie der Kapuzenpullover, in dem sich sein Geruch am längsten hält. Ich lege ihn unters Kopfkissen und hole das Handy heraus. *Bin gut gelandet und guter Dinge*, tippe ich. Das stimmt nicht ganz, aber im Laufe der Wochen werden meine Worte sicher wahr. Ich habe mir vorgenommen, meinen Freund nicht allzu sehr zu vermissen, und sicher telefonieren wir bald. Gerade sitzt er wahrscheinlich in der Bibliothek. Ich sehe ihn an seinem Stammplatz, unter den großen Fenstern, mit dem Rücken zu den Kopierern. Seit vier Jahren schreibt er dort an seiner Dissertation. Obwohl ich lieber zu Hause arbeite, habe ich mich für meine Seminararbeiten manchmal dazu gesetzt. Wenn mir die richtige Formulierung nicht einfallen wollte, habe ich aufgesehen. Ich habe sein ruhiges, konzentriertes Gesicht angesehen, dieses Gesicht, das ich besser kenne als alle anderen Gesichter, und den Zettel, der über den Kopierern hängt: JEDES BLATT HAT ZWEI SEITEN!! Dieser Spruch gefällt mir stets aufs Neue.

Drei Stunden später sitze ich mit zwei wildfremden Menschen auf einer wildfremden Couch, und auf dem Glastisch vor uns steht eine Platte mit Rührkuchen und hellem Gebäck. Weder Thomas noch Meike bedienen sich, und die Kleine hat sich, ohne mich zu begrüßen, unter den Flügel verzogen. Immerhin liege ich mit meinen Mitbringseln richtig, zwei dunkle Brotlaibe, den Tipp hat mir meine Tante gegeben. Eins will Meike gleich zum Abendessen anschneiden, angeblich können die hier außer Weißbrot nichts. Auch auf diese Bemerkung weiß ich nichts zu erwidern.

Ich nicke, als Thomas mich bittet, nicht das Aupair, sondern ein Familienmitglied zu sein. Ich weiß jedoch nicht, ob ich alles, was mich stört, ansprechen kann und ob ich meine Abende wirklich im Wohnzimmer verbringe statt in meiner neuen kleinen Wohnung. Ich verstehe nicht, woher meine Gasteltern ihre Sicherheit nehmen. Ich bin ihr erstes Aupair, für sie ist die Situation auch völlig neu. Mein Schweigen scheint ihnen nicht aufzufallen. Ganz selbstverständlich erzählt Thomas von der Erzieherin aus dem internationalen Kindergarten, die nicht Sandalen, sondern Absatzschuhe trägt und damit regelmäßig im Sand umknickt. Die beiden schauen sich an und lachen, und endlich sage ich etwas. Ich rede von meinem Studium und von den zwei Monaten, die ich während der zwölften Klasse in England verbrachte. Meine Stimme klingt fern. Wenigstens fällt im schummrigen Licht nicht auf, dass meine Wangen glühen.

Die Kleine locken meine Worte nicht unter dem Flügel hervor, und das Kinderbuch über Hamburg hat sie nicht einmal in die Hand genommen. Sie zieht ein Gesicht, als sollte ich sofort wieder abreisen. Schon zum dritten Mal drückt sie eine tiefe Taste.

»Nicht klimpern«, zischt Meike, »das weißt du genau.«

»Darf ich raus?« Rau*sss*, ihr Sprachfehler ist deutlich zu hören.

»Geh ruhig«, sagt Thomas.

»Und wer kommt mit?«

»Ich könnte –«

»Wir unterhalten uns gerade«, fällt Meike mir ins Wort.

»Papa kommt mit«, sagt die Kleine.

»Wenn wir uns fertig unterhalten haben.«

»Ich will nicht, dass die Frau bei uns wohnt.«

»Darüber haben wir gesprochen.«

»Ich will raus.«

»Draußen ist es heiß.«

»Immer ist es zu heiß.« *Sssu* hei*sss*.

Die Kleine tappt auf die Terrassentür zu. Die Jalousien verbergen den Garten, nur einzelne Birkenblätter sind durch die schmalen Schlitze zu sehen. Sie reflektieren die Sonne wie der Fluss, der die Stadt teilt. Wenn es kühler wird, ist es sicher angenehm im Garten. Vielleicht werden wir draußen die letzten schönen Herbsttage verbringen, vielleicht sitzen wir dort zu dritt, zu viert, zu fünft, und vielleicht verschwindet darüber auch meine Angst, dass mein Freund Recht hat und ich mit diesem Jahr in der Fremde die falsche Entscheidung getroffen habe.

»Es ist nicht heiß«, sagt die Kleine.

»Drinnen nicht«, sagt Meike, »da draußen gibt es keine Klimaanlage.«

»Braucht auch niemand, weil es nicht heiß ist.«

»Heute Mittag waren achtunddreißig Grad.«

»Wie lange unterhaltet ihr euch noch?«

Thomas steht auf. »Na los.«

»Fertigmachen zum Start!« Wie ein Schrei fällt das Sonnenlicht ins Zimmer, die Kleine stürmt mit ausgebreiteten Armen ins Freie. Hitze legt sich auf mein Gesicht, Meike drückt die Terrassentür ins Schloss. »Ich vertrage diese Sommer einfach nicht.«

Erst jetzt fällt mir auf, wie ruhig es hier ist. Auf der Fahrt vom Flughafen war die Stadt nichts als Lärm. Hier schwächt kein Auto unser Schweigen ab, kein Bus, keine Bahn. Als ich aufschaue, kreuzen sich unsere Blicke. Zwei, drei Sekunden vergehen, dann zieht Meike ihre Mundwinkel nach oben. Es ist kein richtiges Lächeln, überhaupt wirkt meine Gastmutter anders als auf dem Foto. Darauf gibt sie sich wirklich wie eine Mutter, und sie hat dieselben schmalen Lippen, aber sie trägt Feinstrumpfhosen unter ihrem Rock und über der Bluse einen Blazer, als würde sie zumindest unter der Woche keinesfalls mit ihrer Tochter spielen.

»Du musst Hunger haben«, sagt sie, »greif zu!«

»Danke«, sage ich und nehme mir nichts.

Die Haushälterin betritt das Wohnzimmer, in der Hand einen Teller mit noch mehr Gebäck, den sie wortlos auf dem Tisch platziert. Wenn sie könnte, glaube ich, würde sie uns helfen. Sie versteht Deutsch nur, sprechen kann sie es nicht, wie viele Angehörige der deutschen Minderheit. Ich kann sie um alles bitten, hat Meike gesagt. Das ist mir schon jetzt unangenehm, und die Geschichte, die Meike erzählt, bringt mich wieder zum Schweigen. Es geht um ihren ersten Tag in der Stadt, an dem sie den Umrechnungskurs noch nicht kannte und für eine Taxifahrt den zehnfachen Preis gezahlt hat, statt elf Euro einhundertzehn. Möglicherweise, sagt sie, hat sie damit einem Kind die Schulbücher finanziert. Allerdings würde sie lieber selbst entscheiden, wen sie unterstützt. »Du wirst bald merken, wie schwierig es hier ist.«

Zum Glück sind Thomas und die Kleine schnell zurück. Mit halber Stimme sagt sie: »Du kannst zu meiner Geburtstagsparty kommen. Wir machen einen Hubschrauberflug.«

»Natürlich keinen richtigen«, sagt Meike.

»Klar einen richtigen. Wohnst du bei uns, weil du arbeitslos bist?«

»So ungefähr.«

»Wenn du willst, findest du eine Arbeit. Das weiß ich von der großen Anna. Du kannst ihren Papa fragen, er hat ganz viele Jobs.«

»Und was machst du jetzt«, fragt Thomas.

»Jetzt soll ich dir mein Zimmer zeigen.« Mein *Sss*immer *sss*eigen.

Viel zu langsam steigen wir nach oben, die Kleine lässt die Schuhe auf das Holz der Treppe poltern. Ich muss aufpassen, dass ich nicht stolpere, niedrig, wie die Stufen sind. Vor dem großen Spiegel stehen hässliche Vasen, kniehoch, mit Ornamenten. Bestimmt haben Thomas und Meike sie von den Vormietern übernommen, so wie sie auch die Haushälterin übernommen haben. Das hat meine Tante erzählt, und Thomas und Meike haben mir am Telefon versprochen, dass die Umstellung gut funktionieren wird. Hoffentlich haben sie sich nicht getäuscht.

Das Kinderzimmer erschlägt mich mit seinen bunten Wänden und der riesigen Weltkarte über dem Bett. Das Spielzeug ist in Plastikwannen verstaut, auf dem Boden liegen nur drei Flugzeuge.

»Sind das Flu, Flo und Fla«, frage ich, »sind die gerade aus Neuseeland zurück?«

»Flugzeuge haben keine Namen«, sagt die Kleine, »bist du in Neuseeland gewesen? Da fliegt man einen ganzen Tag.«

»Letzten Winter war ich in Spanien«, sage ich, »das dauert nur eine Stunde. Und im Frühjahr war ich fast in Thailand.«

»Eine Stunde ist langweilig«, sagt die Kleine, »da gibt es nichts zu essen.«

»Schmecken dir die kleinen Brötchen im Flugzeug auch so gut?«

Erstaunt sieht die Kleine mich an. »Woher weißt du das?«

Vielleicht gewinne ich. Wenn ich es richtig anstelle, wird die Kleine mich binnen weniger Tage lieben, und wenn sie mich nicht liebt, wird sie mich jedenfalls brauchen, und dann habe ich etwas, woran ich mich festhalten kann.

»Und du«, frage ich, »hast du einen Namen?«

Die Kleine schweigt.

»Wenn du ihn nicht sagst, errate ich ihn eben. Heißt du Jana?«

Sie presst ihre Lippen aufeinander.

»Oder Juna?«

Sie rollt ihren Rocksaum ein.

»Jula?«

Sie schüttelt den Kopf.

»Weißt du was? Ich nenne dich einfach Juli.«

»So heiße ich nicht!« *Ssso heissse* ich nicht.

»Dann ist das unser Geheimname.«

Ich erwache mit weniger Angst und einem Hauch Neugier und wasche mir schnell den Traum der ersten Nacht aus dem Kopf. Zum Frühstück bin ich mit Thomas und der Kleinen allein. Die Haushälterin kommt erst um die Mittagszeit, und Meike verlässt die Villa zeitig. Sie leitet die Personalabteilung im Autowerk, das westlich der Stadt errichtet wird. Zwei Jahre dauert der Bau bereits an, fast sechs Monate länger als geplant. Einzelne Hallen produzieren schon, und der erste komplette Wagen, der im Februar vom Band rollen soll, ist bereits verkauft.

»Wer kauft so einen Wagen«, frage ich.

»Das willst du nicht wissen.« Thomas winkt ab. »Komm bei Gelegenheit lieber mit in den Schulclub.« Nach der Hofpause schließt er auf, dienstags und donnerstags ist langer Abend: Es werden Filme gezeigt oder Vorträge gehalten, über das Ranking deutscher Universitäten oder über Essstörungen. Letztes Jahr war jemand von der Sexualberatung da, danach hat es Beschwerden gehagelt. Ohne die Eltern, sagt Thomas, wäre das ein Superjob.

»Ich habe einen Geheimnamen«, sagt die Kleine, »du darfst ihn aber nicht Mama verraten.«

»Wo hast du den schon wieder her«, fragt Thomas, »wenn du nichts mehr essen willst, holst du dir was zum Spielen.«

Von ihrem Brot hat die Kleine nur einmal abgebissen, offenbar ist sie genauso aufgeregt wie ich. Ich rühre mein Müsli um, ehe ich sage: »Mein Freund hat ein Praktikum in dieser Richtung absolviert. Er hat auch Soziologie studiert, in den letzten Jahren hat er sich allerdings auf die Theorie verlegt.«

Ich muss an seinen Enthusiasmus denken, wenn er mir eine neue These, eine neue Beweiskette erklärt. Manchmal erfassen ihn seine Gedanken derart, dass seine Wangen sich röten und er das Essen auf seinem Teller vergisst. Ich möchte ihn dann umarmen und den restlichen Tag mit ihm verbringen, aber er wehrt mich ab, weil er weiter muss, weil er schreiben will, schreiben, schreiben.

»Einen Freund hat deine Tante gar nicht erwähnt«, sagt Thomas, »wie lange seht ihr euch jetzt nicht?«

»Wenn er mich besuchen kommt«, frage ich, »kann er dann hier wohnen?«

Die Kleine kehrt mit ihren drei Flugzeugen zurück, die Haare trägt sie plötzlich offen.

»Denkst du, ich merke das nicht«, fragt Thomas, »und beim Kämmen gibt's wieder Theater?«

»Ich spiele ganz vorsichtig, dann verfitzt nichts!« Täuschend echt imitiert sie die Geräusche, mit denen die Flugzeuge in die Glasfront krachen. An zwei Stellen hat die Scheibe bereits einen Sprung.

»Ein Flugzeug mit großen Flügeln«, sagt sie, »fliegt besonders hoch.«

»Das liegt am Auftrieb«, sagt Thomas.

»Es liegt an den Flügeln«, sagt die Kleine.

»Oder jemand hat das Flugzeug verzaubert«, sage ich.

Bevor wir die Villa verlassen, schreibt mir Thomas die Verbindung zum Kindergarten auf und will wissen, ob ich das wirklich schaffe. Ich werfe einen kurzen Blick auf das Blatt, eine Buslinie, eine Straßenbahn, an der Margaretenbrücke müssen wir umsteigen. Das wirkt nicht allzu kompliziert, und es kommt mir richtig vor zu nicken.

Aber ich bin voreilig gewesen. Schon jetzt, um halb neun, ist es so heiß wie in Hamburg höchstens dreimal im Jahr, und alles ist neu, die Sprache, die Stempelkarten, und bilde ich mir das nur ein oder beäugt mich diese alte Frau? Am Einstieg hat sie mit ihrem Taschenwagen gekämpft, und da niemand aufgestanden ist, hätte ich ihr zur Hilfe kommen müssen. Ich schäme mich für mein Versäumnis, und das Wort für *Entschuldigung*, das ich mir gestern Abend eingeprägt habe, habe ich schon wieder vergessen. Ihre Fingernägel sind gelb, ihre Strumpfhosen zerrissen, und sie trägt den muffigen Geruch von Menschen, die kein Zuhause haben. Sie muss jedoch über siebzig sein, und auch wenn ich gelesen habe, dass die Verhältnisse hier andere sind, kann so etwas nicht gemeint gewesen sein.

»Wieso steigen wir nicht aus?« Die Kleine zieht an meiner Hand. »Fahren wir nicht in den Kindergarten?«

Über den Türen klingelt es schon, gerade schaffen wir es noch nach draußen. Die Kleine löst sich aus meinem Griff und läuft los.

»Stopp«, rufe ich, »ich habe stopp gesagt!«

Ein Auto bremst scharf, ich greife nach dem glatten Körper der Straßenbahn. Hinter uns hupen Autos, ich zerre die Kleine zum Bürgersteig. »Du hörst auf mich genauso wie auf die Gute Seele, hast du das verstanden?«

Bevor meine Beine nachgeben können, setze ich mich auf den heißen Asphalt.

Die Kleine schüttelt meine Hand ab. »Du hast mir wehgetan! Wieso bringt mich nicht mehr die Gute Seele in den Kindergarten? Papa soll mich bringen! Er hat mir versprochen, dass du lustig bist. Du bist aber nicht lustig.«

»Einfach loszurennen, ist auch nicht lustig.«

»Du kennst ja nicht einmal den Weg.«

Am Haus hinter uns richtet ein Schütze seinen spitzen Pfeil auf mich. Ich zwinge mich auf die Füße zurück, ich will den Vorfall sofort vergessen. »Da hast du Recht. Und ich weiß auch nicht, wie deine Kindergartenfreundinnen heißen.«

»Die heißen Anna.«

»Alle? Da kommt eure Erzieherin bestimmt durcheinander.«

»Das eine ist die große und das andere die kleine Anna. Die kleine Anna ist heute Mittagskind, mittwochs hat ihre Mama nämlich frei. Sie arbeitet in einem Museum mit toten Tieren, aber mittwochs ist es geschlossen.«

»Und ihr Papa ist der, der so viele Jobs hat?«

»Das ist die große Anna. Du weißt wirklich gar nichts. Wann fährst du wieder nach Hause?« Fähr*sss*t, nach Hau*sss*e, bestimmt ist es gut, dass ich die Kleine jetzt betreue. Leise frage ich: »Kannst du ein Geheimnis bewahren?«

»Sage ich nicht«, sagt die Kleine.

»Das eben mit der Haltestelle, behalten wir das für uns?«

»Warum?« Sie läuft die Straße entlang, als wäre sie allein, und biegt in einen Vorgarten ein. Die Tür zum Kindergarten ist so schwer, dass ich ihr doch helfen muss. Die Erzieherin mit den Absatzschuhen entdecke ich nirgends, die Vollmacht gebe ich einer anderen Erzieherin, die meine Hand fest umschließt und unbestimmt sagt: »Welcome to the most exciting city of Europe!«

Am nächsten Morgen verpasse ich die richtige Haltestelle nicht. Ich gebe die Kleine ab und widerstehe dem Wunsch, auf der Stelle in die Villa zurückzukehren. Ein Aupair muss seine neue Stadt erkunden, deshalb ziehe ich einen kleinen Kreis. Den Kreis am nächsten Tag ziehe ich schon etwas größer, so entschlossen, als gäbe es nur noch diese Stadt und mich. So habe ich mir das vor der Abreise ausgemalt: Neugierig erkunde ich mein neues Zuhause und berichte meinem Freund von meinen Entdeckungen. Allerdings habe ich nicht damit gerechnet, dass ich ausschließlich von grauen Gebäuden umgeben sein werde und mich von überall her die verwitterten Gesichter von Obdachlosen ansehen. Die schönen Viertel sind sicher anderswo, und sobald ich diese Viertel entdeckt habe, geht es mir besser. Vorerst folge ich den Sandalenschritten der Touristen, ich folge den Suchern ihrer Fotoapparate. Sie helfen mir, die berühmte Postsparkasse zu finden, das Parlamentsgebäude und den Stephansdom, von dessen Dach mich steinerne Bischöfe milde mustern. Nur das älteste Kaffeehaus finde ich nicht, die Stadt scheint von Wegweisern nicht viel zu halten.

Die zerrupften Tauben übersehe ich einfach. Ich übersehe die Abgase, dick wie Butter, die rissige Erde, aus der nur verkümmerte Bäume wachsen, und die alte Frau, die nichts als zwei Töpfe Lavendel anzubieten hat. Von einer Rolltreppe lasse ich mich unter die Erde bringen. Hier riecht es anders als in den U-Bahn-

Stationen, die ich kenne. Es riecht nicht nach Plastik, sondern schlimmer, eine Mischung aus Urin und Müll und sehr viel Schweiß. Diese Stadt duldet ihre Bewohner nur, und auch mich wird sie höchstens dulden, und wenn ich Pech habe, tut sie nicht einmal das. Dabei darf ich nicht zurück, ich habe allen gesagt, dass ich elf Monate bleibe, und ich kann in der Fremde Fuß fassen, das will ich nicht nur mir selbst beweisen. Wahrscheinlich sollte ich vorerst das schön finden, was ich sehe, die kleinen gelben Wagen der U-Bahn zum Beispiel, die niedlich wie Spielzeugwaggons sind, und die Haltestellenmelodie, die ich mit viel gutem Willen als fröhlich bezeichnen könnte.

Am Freiheitsplatz werfe ich meine letzten Euromünzen in den Brunnen und lasse mich auf das Deck eines Doppelstockbusses schieben. Hier weht ein leichter Wind, hier ist der Dreck fern, und aus der Entfernung ist die Oper wirklich schön, ist die Musikakademie wirklich schön, ist die Kettenbrücke wirklich schön. Selbst der graue Fluss ist auf seine Art schön, auch wenn ich mich wundere, dass er in der Hitze nicht verdunstet. Zum dritten Mal creme ich meine Schultern mit Sonnenmilch ein und schlage in meinem Wörterbuch die Gebäude nach, die an mir vorüberziehen. Es kommt mir nicht sehr wahrscheinlich vor, dass ich mir Wörter wie *gyógyfürdő* oder *színház* merke. Nur *szerető* merke ich mir, *szerető* heißt Freund. Ich schließe die Augen und versuche, etwas aus den Zischlauten des Stadtführers zu fischen. Ich habe von Häftlingen gehört, die die Sprache ihrer Wärter nur durch Zuhören gelernt haben. Das kann nicht in diesem Land gewesen sein. Ein zweites Wort bleibt in meinem Kopf hängen, *virág*. Obwohl es nicht nach Blumen klingt, steht es auf den Markisen der vielen Blumenläden. Ich könnte der Haushälterin einen Blumenstrauß kaufen. Sie hilft mir, so gut sie kann: Nachmittags, wenn wir vom Kindergarten kommen, schlüpft die Kleine sofort in die Küche. Die Haushälterin bringt sie zurück, auf dem Arm, als wären die Hüftschmerzen, derentwegen sie ihre Stunden reduziert hat, nur ausgedacht. Sie murmelt leise Sätze vor sich hin, aus ihrem Mund klingen die Zischlaute warm und weich, und schaut uns beide nachsichtig an. Jedes Mal kommt die Kleine dann freiwillig zu mir, und ich sage mir im Stillen, dass nicht alle Kinder ihr neues Aupair binnen Tagen ins Herz schließen können.

Am Wochenende hat die Kleine ihren Trotz noch nicht verloren. Entschieden wählt sie im Bus, auf dem Weg zum Zoo, den Sitzplatz, der am weitesten entfernt von mir ist, und betrachtet mich kühl, als ich ihr am Einlass den Bollerwagen als Flugzeug verkaufen will. Sie möchte nirgendwohin fliegen, sondern die Ziegen füttern. Ich lenke den Wagen von Schattenfleck zu Schattenfleck, in meinem Nacken sammelt sich der Schweiß. Sekundenschnell ist sie ins Gehege geklettert und lockt mit einer Ladung Mais einen Ziegenbock an.

»Brauchst du noch was«, frage ich.

Die Kleine schüttelt den Kopf.

»Die Gute Seele hat uns ein tolles Picknick mitgegeben.«

Sie löst ihren Zopf und sagt nichts.

»Du gibst Bescheid, wenn du etwas willst, stimmt's?«

Die Eltern am Rand mustern mich verächtlich, und ein asiatisches Aupair, das trotz der Hitze in langen Hosen steckt, fängt an zu lachen. Auf steifen Beinen gehe ich zu einer Bank, ziehe mein Handy hervor und beginne zu tippen. Bisher habe ich meinem Freund alle zwei Tage geschrieben, am Wochenende will ich mehr Nachrichten schicken. Bestimmt gewöhnt er sich so schneller an unsere neue Situation, und dann antwortet er bald. Manchmal ist er langsam, so langsam wie die Kleine. Als ich ihn damals, nach dieser Party, zum ersten Mal anrief, wusste er mit meinem Namen nicht gleich etwas anzufangen. Ich brauchte drei Anläufe, um ihn von einem Spaziergang zu überzeugen, und drei Spaziergänge, um ihn von mir zu überzeugen. Seitdem liebt er mich, und ich glaube, er liebt mich umso mehr, weil er so lange gebraucht hat, um es zu begreifen.

Hinter mir plündert eine Horde Kinder einen defekten Futterautomaten. Der Automat spuckt Kugel um Kugel aus, ohne Münzen zu verlangen. Die Kinder halten sie den Kamelen hin, die sie mit ihren weichen Lippen von den Handflächen zupfen. Nur wenn ein Fotoapparat zu laut klickt, zucken die Tiere zurück. Ihre Augen sind groß wie Pflaumen und von einer bedingungslosen Treue. Eines der Kamele besitzt nur einen Augapfel. Auf der rechten Seite hat es eine Kuhle, die dicht mit Fell bewachsen ist. Diese Kuhle ist hässlich wie die Stadt, und doch schaue ich hinein. Wenn ich diesen Anblick ertrage, dann ertrage ich auch die grauen Straßenzüge, dann ertrage ich die Schwitzränder auf den Hemden und die Sirenen, die überall heulen, als würde hier ständig jemand ausgeraubt, ermordet, entführt, und wahrscheinlich wird hier ständig jemand ausgeraubt, ermordet, entführt, oder wieso steht sonst überall Wachpersonal, das Lederstiefel trägt und an den Gürteln Schusswaffen?

Erst als neben mir jemand schreit, löse ich meine Augen von der Kuhle: Ein blondes Aupair staucht auf Englisch ein Mädchen zusammen. Offenbar hat es einem anderen Kind das Tierfutter weggenommen, doch statt seine Schuld einzugestehen, schreit es zurück. Ich glaube, ich kenne das Mädchen. Es ist Olivia aus dem internationalen Kindergarten, und auch das blonde Aupair habe ich dort schon gesehen. Als es aufsieht, schaue ich weg. Ich möchte jetzt nicht angesprochen werden. Solange mein Freund nicht geantwortet hat, kann ich keine Fragen zu meinem neuen Leben beantworten. Ich suche nach der Kleinen und entdecke sie schnell: Sie hat den Ziegenbock gezähmt, endlich lässt er sich die Hörner betasten.

Nach anderthalb Stunden, als sie zurückkommt, ist unser Bollerwagen verschwunden. Jemand muss ihn verwechselt haben, denke ich und will mir schon einen anderen nehmen, da sehe ich die Schlösser an den restlichen Wagen, und mir fällt das Pfand ein, fünf oder fünfzig oder fünfhundert Euro, vor Schreck kann ich den Betrag nicht umrechnen.

»Ich will mein Flugzeug zurück«, ruft die Kleine, »ich will es sofort wiederhaben!« Sie fängt an zu weinen, und ich erschrecke, denn ihre Tränen sind echt.

»Wir leihen einen neuen«, sage ich schnell.

»Ich will keinen neuen.«

»Was willst du?«

»Ich will mein Flugzeug zurück.«

»Du kannst auf meinen Schultern fliegen.«

»Ich will mein Flugzeug zurück!«

»Ich will auch so einiges zurück«, sage ich, »das kannst du mir glauben. Was hältst du davon, wenn wir etwas zu essen kaufen? Bestimmt machen die hier ganz viel Ketchup auf die Pommes.«

Sie wehrt sich nicht, als ich sie huckepack nehme. Pommes will sie jedoch nicht, dabei hat sie am Morgen wieder nur zweimal von ihrem Brot abgebissen. Im Bonsaigarten hört sie auf zu weinen, und sie rutscht nicht von meinem Schoß. Ich spüre ihre weiche Kinderhaut, und meine Gedanken bleiben wieder stehen. Ich habe einen Bollerwagen verloren, mehr nicht, und es kann sich nur um fünfzig Euro handeln. Das ist ärgerlich, aber nicht allzu schlimm. Meine Gasteltern zahlen mehr, als die Agenturen empfehlen. Überhaupt geht es nicht um Geld. Es geht um die Kleine, um meinen Freund und um mich, es geht darum, Abstand zu gewinnen. So hat es meine Tante gesagt, und abgesehen von meinem Freund kennt mich niemand so gut wie sie. Schon lange erzähle ich ihr mehr als meinen Eltern, sie hört besser zu und hat bisher mit jedem Ratschlag richtig gelegen.

Am späten Nachmittag, als wir die Villa betreten, trage ich die Raubtiergerüche noch in der Nase. Die Kleine will ohne Abendessen ins Bett, und ihren täglichen YouTube-Clip über den Flughafen will sie nur sehen, wenn ihre Mutter den Laptop bedient. Meike aber steht vom Schreibtisch nicht auf. So ist es vereinbart, sagt sie und kommt auch nicht heraus, als die Kleine im Badezimmer schreit, weil ich ihre Haare nicht sanft genug bürste. Meine

Gutenachtgeschichte will sie erst nicht hören, dann nimmt sie die Finger aus den Ohren. Ich erzähle von einem Mädchen, das zu den Ziegen zieht und fünf Maiskolben täglich verspeist, und zeichne ihr die Maiskolben gleichzeitig auf den Rücken.

Ein paar Minuten telefoniere ich mit meinen Eltern. Wie immer schalten sie die Freisprechfunktion ein, sodass ihre Stimmen verzerrt ankommen, und wollen alles ganz genau wissen. Ich schwärme von meinem Tag im Zoo.

»Und insgesamt«, fragen sie, »ist es zivilisiert?«

Thomas und Meike sind noch netter, als Conny das angekündigt hat, sage ich und bitte darum, ihr einen Gruß auszurichten.

»Wir meinen die Stadt.«

Ich bezeichne sie als gewöhnungsbedürftig und viel zu heiß.

»Was meinst du mit ›gewöhnungsbedürftig‹? Wir hätten es wirklich besser gefunden, wenn du deinen Platz im Master angetreten hättest. Diese Aupairsache hast du dir von Conny doch nur einreden lassen.«

»Ich muss auflegen«, sage ich, »das Essen steht auf dem Tisch.«

Ich trage Salat und Schüsseln ins Esszimmer. Thomas ist noch bei der Einschulungsfeier, deshalb muss ich Meike fragen: »Kann es sein, dass die Kleine ziemlich wenig isst?«

»Findest du?«

»Seit ich hier bin, hat sie ihren Teller kein einziges Mal leergegessen.«

»Ich kriege bei dieser Hitze auch nichts runter«, sagt Meike, »letztes Jahr ging das bis in den Oktober. Unseren Bekannten sagen wir immer, dass sie frühestens im November kommen sollen. Fast alle waren sie schon hier, um ein Wochenende lang in Romantik zu schwelgen. Pierre und Linda haben versehentlich die einstelligen Bezirke verlassen und wurden bis auf die Unterhose ausgeraubt. Ist dir eigentlich das leere Giraffengehege aufgefallen?«

Im Frühjahr, sagt Meike, wurde ein Jungtier mit seinen Eltern zum Zoo transportiert, in einem Güterzug, quer durchs Land. Niemand weiß, wie es den dreien glückte, sich aus der Enge der Waggons zu befreien. Die Tiere streckten die langen Hälse nach draußen und genossen den Fahrtwind, solange, bis der Zug in einen Tunnel einfuhr, der Köpfe und Hälse von ihren Rümpfen riss.

Eigentlich wollte ich vom Vorraum des Kindergartens aus beobachten, ob die Kleine auch hier nichts isst. Dann hat das blonde Aupair aus dem Zoo mich angesprochen, und nun laufen wir nebeneinander die große Allee entlang, die der Reiseführer »Prachtstraße« nennt. Die Blonde ist mit drei Freundinnen verabredet, und ich kann mitkommen, hat sie gesagt. Ein paar Augenblicke habe ich mich gefreut, in meiner zweiten Woche schon die erste Bekanntschaft zu schließen. Aber mich verspottet ein Plakat, auf dem ein Kind sich einen riesigen Schokoriegel in den Mund schiebt, und ich kann nicht aufhören, nach meinem Handy zu tasten. Ich weiß, dass das auf die Blonde stressig wirken muss. Aber ich prüfe immer wieder, ob das Handy in meiner Tasche steckt, zwischen Portmonee und Stadtplan. Es ist an seinem Platz, sage ich mir und wühle schon wieder in meiner Tasche.

»Eigentlich wollte ich diesmal nach Frankreich«, sagt die Blonde, »Budapest ist mir zu krass. Bist du auch am Ostbahnhof angekommen und wärst am liebsten im Zug sitzen geblieben? Wenigstens sind hier überall Läden mit Second-Hand-Klamotten. Gib mir gleich deine Nummer.«

Kaum habe ich die Ziffern diktiert, beginnt mein Handy zu vibrieren. Ich will es herausziehen und finde es nicht. Wenn ich nicht die Vibration an der Hüfte spüren würde, wäre ich sicher, dass die finstere Gestalt an der vorigen Ecke es mir weggenommen hat. Ich wühle weiter, ich muss mein Handy finden, sofort muss ich es finden, es kann nur einer sein, der sich endlich meldet, das kann nur –

»Nicht rangehen«, ruft die Blonde, »das ist bloß, damit du meine Nummer hast. Zuerst musst du dir eine neue SIM-Karte besorgen. Das wird sonst superteuer, auch für mich.«

Ich blättere durch die Anrufliste, aber ehe ich nach ihrem Namen fragen kann, redet die Blonde schon weiter. Ich erfahre, dass das ihr drittes Aupairjahr ist. Die ersten zwei, in Spanien und Portugal, hat sie geschmissen, weil die Gasteltern versnobt und die Kinder verzogen waren. Ob ich mir vorstellen kann, dass sie, als sie den Schlüssel verlor, den Austausch der Schließanlage selbst bezahlen musste? Diesmal wird es besser, sagt sie und holt einen hellgrünen Stein unter ihrer Bluse hervor, sie hat nämlich einen Glücksbringer dabei, aus Jade.

Auch Doro, eine ihrer Freundinnen, hat bereits einen Anlauf hinter sich. Sie sagt: »Wenn du merkst, dass deine Gasteltern sich nicht mehr verstehen, solltest du schleunigst wechseln, es sei denn, du willst Therapeutin spielen.«

Doro, sage ich vor mich hin, dunkle Haare, Politikstudium abgebrochen, Doro. Die anderen beiden heißen Lili und Marleen, das merkt sich leichter. Sie sind sonnengebräunt, finden alles bestens und bezeichnen sich als das perfekte Team. Leichtfüßig steigen sie über die Urinzungen, die sich von den Häuserwänden in den Rinnstein ziehen, umrunden einen Mann, der viel zu alt ist, um auf Bauch und Rücken Werbeschilder zu tragen, und verziehen das Gesicht auch nicht bei den üblen Gerüchen, die uns aus jedem zweiten Hausflur anwehen. Das alles kann nicht nur am Jadestein liegen und nicht nur daran, dass die vier jede Woche zum Get-together gehen, das die Agentur anbietet.

»Eigentlich sind die Treffen verpflichtend«, sagt Lili, »kommst du nächste Woche?«

Doro findet es lässig, dass ich auf eigene Faust angereist bin, die Blonde dagegen kann es nicht fassen. »Und wenn du wechseln musst, hast du darüber nachgedacht? Es reicht, dass deine Gastmutter denkt, du hast was mit ihrem Mann. Ob das stimmt oder nicht, da brauchst du jemanden, der vermittelt.«

Ich frage mich, weshalb weder meine Tante noch ich an solche Komplikationen gedacht haben. Auf keinen Fall darf ich vorzeitig zurück. Aber zur Not kann meine Tante vermitteln, und der Kapuzenpullover unter meinem Kopfkissen geht vielleicht als Glücksbringer durch. Während wir an einer Ampel warten, betrachte ich unser Spiegelbild in einer Autoscheibe. Die Blonde und ich sind zur Hälfte abgeschnitten. Marleen hat dünne Haare, mit denen sie nichts anzufangen weiß. Doros Haare sind voll, ihre Nase ist klein und rund. Lilis Nase ist lang und schmal. Es ist eine Nase, die anderen gefällt, genau wie ihre Augen und ihre Schneewittchenhaut. Die Männer sehen Lili nach, manche machen: »Ts ts.« Auch Frauen lachen sie an, jeder merkt sofort, Lili ist ein Mädchen, nach dessen Wünschen die Wirklichkeit sich richtet. Sie zeigt auf ein graues Hausgerippe.

»Sieht das nicht super aus?«

Ich verstehe nicht, was ihr an den zerschlagenen Scheiben und den Gesichtern, die sämtlich ihre Nasen verloren haben, gefällt. Doro sagt, dass in diesem Gebäude bis vor kurzem Fotos von jüdischen Häusern gezeigt wurden. In einer Nacht wurden sie mit Kot beschmiert, wahrscheinlich von den rechten Garden. Die Ermittlung verlief ergebnislos, sagt sie, diese Garden werden von der Polizei nur halbherzig verfolgt. Sie haben sich in den letzten Jahren formiert, nachdem –

»Politik erst nach zwanzig Uhr«, fällt die Blonde ihr ins Wort.

»Das ist jedenfalls mein Lieblingsgebäude«, sagt Lili.

»Meins auch«, sagt Marleen.

»Was machen diese Garden noch«, frage ich.

Wir kommen zu einem flachen Becken. Überall sitzen Leute, die Füße im Wasser, als fänden sie das selbstverständlich, wenn nebenan Kot verschmiert wird. Die anderen setzen sich dazu, ich steige die großen Stufen hinab, die unter das Becken führen, und tauche auf der Suche nach Toiletten in tiefe Schwärze ein. Es dauert einen Augenblick, bis sich meterlange Garderoben aus der Dunkelheit schälen. An den Säulen werden DJs angekündigt, das muss das unvollendete Nationaltheater sein. Meike hat davon erzählt, angeblich ist dieser Bau typisch für die Stadt: Fundament und Untergeschoss waren fertig, als die Stadtverwaltung wechselte. Sie ließ einen neuen Entwurf zeichnen und verlegte das Vorhaben in das moderne Viertel am Fluss, sodass hier nichts blieb als ein bestens gesichertes Loch. Nach Jahren des Leerstands wurde es in einen Club umfunktioniert, in dem heute so viele Drogen verkauft werden wie nirgendwo.

Hier sollte ich tanzen gehen, dann würde ich Hamburg bestimmt für ein paar Stunden vergessen, oder ich mache mich auf die Suche nach den schönen Straßen, die die anderen vorhin erwähnten. Ich muss sie gleich danach fragen, oder ich frage sie, ob ihre Gedanken seit ihrer Ankunft leichter sind. Bei meinen Gedanken klappt das nicht. Aber bestimmt entfaltet die Stadt noch ihre Wirkung, meine Tante hat so etwas vorhergesagt. Sie fand es nicht gut, dass für mich jede Ecke in Hamburg mit meinem Freund verbunden ist, unser Lieblingscafé, die Salatbar um die Ecke, der Volkspark, in dem wir im Sommer gern picknicken, und überall hatten wir uns Wohnungen angeschaut. Es dauerte lange, bis wir uns für eine entschieden. Vor dem Einzug wollten wir die Dielen vom Ochsenblut befreien. Wir liehen eine tonnenschwere Schleifmaschine, und kaum hatte ich mir als Schutz vor dem Staub ein Geschirrtuch vor den Mund gebunden, richtete ich Zeige- und Mittelfinger auf meinen Freund, als wäre unsere neue Wohnung eine Agentenhochburg. Mein Freund kannte meine Spiele und schoss zurück, wir rollten durch den Kugelhagel, bis unsere Klamotten weiß vor Schmutz waren. Dann warfen wir die Maschine an. Die Sache stellte sich jedoch schnell als Arbeit heraus, und den Küchenboden haben wir letztendlich dunkelrot belassen.

Als ich wieder zu den anderen trete, dreht Doro für alle Zigaretten. Sie wollen wissen, warum ich nicht den Master angeschlossen habe, was ich in einer deutschen Familie lernen will, weshalb mein Sprachkurs erst im Oktober beginnt. Bevor ich etwas Falsches sagen kann, erkundige ich mich nach ihren Gastfamilien. Lili und Marleen sind zweisprachig und arbeiten bei entfernten Verwandten. Lili wird einmal pro Woche von einer Zugehfrau unterstützt und begleitet im Frühjahr das älteste Kind, einen Geigenvirtuosen, auf seine Konzertreise durch China. Marleen hat weniger Glück, sie darf das Haus nur durch einen Seiteneingang betreten und muss in der Küche essen, nachdem die Herrschaften fertig sind, und Doro wartet immer noch auf das Auto, das ihr vor der Ankunft versprochen wurde.

Wie die anderen ziehe ich meine Sandalen aus und stecke meine Füße ins Wasser. Es ist unerwartet warm. Wenn ich meine Worte richtig wähle, könnte meine Gastfamilie wie ein Volltreffer klingen. Die anderen könnten mich für einen Glückspilz halten, und ich möchte unbedingt ein Glückspilz sein. Ich sage: »Bei uns kommt die Haushälterin jeden zweiten Tag. Selbst in mein Zimmer stellt sie frische Blumen, und abwaschen musste ich noch nie.«

Sofort merke ich, ich habe die Sätze gut formuliert. Die anderen fragen ungläubig nach, selbst Lili ist neidisch. Ich nehme eine Zigarette entgegen, das Papier ist feucht von Doros Spucke. Eigentlich rauche ich nicht. An der Uni aber habe ich gelernt, wie man raucht, ohne zu rauchen, und dass die Kleine lispelt und kaum etwas isst und ihre Eltern sich an beidem nur wenig stören, kann ich beim nächsten Treffen erzählen. Genau, die Haushälterin wäscht auch meine Wäsche, und mittags kocht sie mir, wenn ich will, etwas Warmes.

Ich bin froh, dass die Blonde Olivia oft erst nach dem zweiten Frühstück bringt. So muss ich nicht erklären, warum die Kleine sich von einem Glückspilz wie mir nicht verabschieden will. Im Bus überlegen wir uns, woher die Möwen auf dem Fluss gerade kommen, auf dem Fußweg zum Kindergarten denken wir uns Namen für die Bäume aus. Sobald wir den Vorraum betreten, wendet die Kleine sich jedoch von mir ab, und auch das Vogelbuch und die Holzflugzeuge, die ich ihr schenke, ändern daran nichts.

An einem Morgen, als die Blonde wieder nicht zu sehen ist, passe ich die Erzieherin mit den Absatzschuhen ab. Sie ist verblüfft, als ich mich nach der Ernährung der Kleinen erkundige.

»Absolutely normal«, sagt sie, »why do you ask?«

»I have this feeling.«

»What feeling«, fragt sie.

»I don't know.«

Langsam trete ich nach draußen. Ehe ich Thomas und Meike ein zweites Mal darauf anspreche, kaufe ich am besten eine Waage, oder ich höre erst eimal auf, ständig auf mein Handy zu schauen. Die Tage bekommen einfach kein Gesicht, und ich kann kein Lieblingsgebäude finden. In einem Vorgarten nicht weit vom Kindergarten entdecke ich einen Buddha, der mit seinem sanften Blick mich meinen könnte. Ich lächle leise zurück, da fallen hinter mir Rollläden mit dem dumpfen Geräusch von Schüssen herab. Ich laufe los und bleibe erst an der nächsten Ecke wieder stehen. Ich reise ab, pocht es in meinem Kopf, ich reise ab, ich darf nicht abreisen, ich reise ab, und kaum habe ich mich zum Verstummen gebracht, höre ich schon wieder Meikes Stimme. Sie sagt, dass in einer Sparkasse im dreizehnten Bezirk eine Bombe explodierte, dass Idioten in das Holocaustmahnmal am Flussufer Schweinefüße gesteckt und dass gestern zwei Kontrolleure eine Schwarzfahrerin zusammengeschlagen haben. »Die rasten hier beim kleinsten Anlass aus.«

»Selbst wenn sie Uniform tragen«, sagt Thomas.

»Vor allem wenn sie Uniform tragen«, sagt Meike.

»Weißt du, was mir auffällt«, fragt Thomas, »wir haben uns in die Sorte Ausländer verwandelt, die wir niemals werden wollten. Die ganze Zeit ziehen wir über unsere neue Heimat her.«

»Du kannst das Land gern loben«, sagt Meike, »du kriegst keine falschen Dokumente von deinen staatlich vereidigten Übersetzern.«

»Schon wieder?«

»Diesmal sind es die Arbeitsverträge für die neuen Ingenieure. Wie war es heute im Kindergarten?«

Thomas und Meike hören sich an, was ihre Tochter zu erzählen hat. Sie lassen sich zeigen, was die Kleine bastelt, und die Geschichten, die ich mir abends ausdenke, begeistern sie. Kleinlaut geben sie zu, sich so viel Fantasie auch zu wünschen. Trotzdem, etwas stimmt nicht in dieser Familie, und ich wundere mich, dass meine Tante mich nicht vorgewarnt hat. Thomas und Meike greifen nicht ein, wenn die Kleine ihren Teller wegschiebt, und über das Lispeln haben sie seit meiner Ankunft kein Wort verloren. Stattdessen erkundigen sie sich, wie meine neuen Freundinnen heißen und wie uns die Ausstellung in der Kunsthalle gefällt, und immer wieder fragen sie, ob ich mich wohl fühle, ob mir etwas fehlt. Nach dem Essen bitten sie mich ins Wohnzimmer. Sie schauen in ihre Laptops, ich lese den dicken Roman aus dem Bücherregal meines Freundes. Er hat tausendfünfhundert Seiten und beginnt äußerst zäh. Ich habe mir vorgenommen durchzuhalten. Manche Seiten muss ich mehrmals lesen, weil Thomas schon wieder eine Frage stellt. Insgeheim wünsche ich mir die Haushälterin neben mich. In ihrer Anwesenheit könnte ich eher sagen, was mir missfällt. Thomas' und Meikes Blick auf die Stadt zum Beispiel, er macht mir Angst, weil er wahr sein könnte. Dann wäre der Blick der anderen Aupairs nämlich falsch, und ich würde ihnen umsonst nacheifern. Kaum habe ich mich wieder in den Roman vertieft, tappt die Kleine auf bloßen Füßen ins Zimmer, weil sie wegen der Geburtstagseinladung am nächsten Tag aufgeregt ist. Dreimal vergewissert sich Thomas, ob mir um diese Zeit einzuspringen Recht ist.

»Kein Problem«, sage ich.

»Die Gute Seele soll«, sagt die Kleine.

»Die Gute Seele kommt morgen wieder«, sage ich, »weißt du eigentlich, dass wir im Zoo die Raketenwesen völlig übersehen haben?«

Auf dem Arm trage ich die Kleine nach oben, und schon auf den Stufen fange ich an zu erzählen: Die Schnauzen der Raketenwesen sind rund, ihre Haut ist kalt wie Blech, und sie rennen gegen ihre

Käfigstäbe, weil ihre Augen bei uns auf der Erde nichts sehen können. Nur hoch in der Luft sehen sie weit, sehr weit.

»Wirklich?«

»Klar«, sage ich und imitiere das Geräusch, mit dem die Raketenwesen gegen die Stäbe donnern. Schnell schläft die Kleine wieder ein. Während ich noch ihre zitternden Lider betrachte, rauscht im großen Bad die Dusche, obwohl es dafür viel zu zeitig ist. Thomas und Meike tuscheln im Flur, und ich halte still, bis sich der Schlüssel in der Schlafzimmertür dreht. Dann erst verlasse ich das Kinderzimmer und schleiche wie eine Einbrecherin nach draußen.

Vor ein paar Tagen habe ich nicht weit von der Villa einen Aussichtspunkt entdeckt. Dort setze ich mich auf eine Bank und versuche, glücklich zu sein oder wenigstens froh, dass ich schon drei Wochen hinter mir habe. Unten liegt der Fluss mit seinen Inseln. Manchmal spiegelt sich das Parlamentsgebäude exakt im Wasser, manchmal leuchten in den Wellen nur ein paar Lichter. Der Rosenhügel ist anders als der Rest der Stadt. Auf dem Rosenhügel streiten sich Obdachlose und Tauben nicht um das Brot in den Tonnen. Hier gibt es weder Obdachlose noch Tauben, es gibt keine Bettler, kein Blaulicht und kein Martinshorn. Touristen verirren sich selten hierher. Dabei gibt es einiges zu sehen, nicht nur die Villen, sondern auch kuriose Schilder: *Pflichtgetreuer Hund. Don't even think of parking here.* Am besten gefällt mir der rote Wagen, den die Kleine und ich auf dem Weg zur Haltestelle passieren. Jede Woche verschwindet etwas anderes, zuerst die Nummernschilder, dann die Radkappen, dann die Seitenspiegel.

Irgendwann wird er sich in Luft aufgelöst haben, genau wie die Kleine, wenn sie nicht mehr isst.

Zum ersten Mal in diesem Monat haben wir alle zur selben Zeit frei, aber statt uns über unsere Gasteltern auszutauschen, suchen die anderen Aupairs und ich immer noch nach diesem neuen Hinterhofcafé. Wieder und wieder gehen wir durch dieselben Gassen des jüdischen Viertels. Ich betrachte die Stadt heute nur über die riesige Sonnenbrille der Blonden. Ich sehe Stuck bröckeln, ich sehe den Verputz um die Gitter vor den Erdgeschossfenstern bröckeln, ich sehe selbst die Graffitis bröckeln. In den dunklen Gläsern bröckelt jedoch alles verzogen, und das lässt mich ruhiger werden. Endlich geht Doro auf, dass die Straße einen neuen Namen tragen muss, genau wie der Moskauer Platz seit einer Weile nur noch auf dem Papier so heißt. Fast jede Woche wird eine Straße umbenannt, werden Statuen abgebaut, Ministerien verlegt und Gemeindegrenzen verschoben. Mit dem Drucken von Plänen, das sagt zumindest Meike, kommt man da nicht hinterher, und orientieren können sich höchstens die Einheimischen.

Die Möbel im Hinterhof wirken, als brächen sie gleich auseinander. Vorsichtig setze ich mich auf einen Stuhl mit vier unterschiedlichen Beinen. Über mir hängt dieser ewig fremde Sommerhimmel, und davor hängt ein Netz, an dem ein Rudel Plüschhasen befestigt ist. Bei einem Hasen lösen sich die Plastikaugen, dieser Hase sieht alles. Er sieht, dass ich die Stadt längst nicht so schön wie die anderen finde, und er sieht, dass ich schon wieder an meinen Freund gedacht habe. Der Hase sieht sogar bis in die Villa, er sieht, dass die Kleine lispelt und kaum etwas isst, dass sie zu häufig nach der Haushälterin fragt und dass ihre Eltern, statt sich darum zu kümmern, ihr lieber drei Sprachen aufzwingen, und wenn ich nicht sofort etwas sage, plaudert der Hase alles aus, sodass ich meine neuen Freundinnen wieder verliere, und ich verstehe den Hasen sogar, vor meiner Abreise habe ich doch auch nicht ständig geflunkert. Schnell frage ich: »Wie macht ihr es eigentlich mit euren Freunden, telefoniert ihr oft?«

Doro und die Blonde haben keinen Freund. Marleen darf das Internet eigentlich nur eine Stunde täglich nutzen, trotzdem skypt sie halbe Nächte mit ihrem Freund, genau wie Lili.

»Mein Freund will nicht, dass ich mich von mir aus melde«, sage ich, »er hat gesagt, nach vier Wochen ruft er an.«

»Wieso das?«

»Erst nach vier Wochen?«

»Und als du abgereist bist, war alles in Ordnung?«

»Fast«, sage ich.

»Fast klingt nicht so gut.«

»Fast heißt gar nichts.«

»Fast heißt fast«, sage ich, »es heißt so gut wie ganz.«

Lili schiebt sich ihre Sonnenbrille in die Haare. »Und wann sind die vier Wochen um?«

»In sechs Tagen.« Ich will einen *tejeskávé* bestellen und verhaspele mich dabei so sehr, dass die anderen lachen. Ich wechsle ins Englische und sage dann: »Manchmal habe ich das Gefühl, dass es ihn gar nicht gibt.«

Die anderen wollen wissen, wie lange wir zusammen sind.

»Lange.«

»Wie lange?«

»So lange, dass wir es nicht mehr sagen können.«

Marleen und die Blonde beginnen zu streiten, ob man elf Monate treu sein kann, und wenn nicht, ob man dem anderen seinen Fehltritt gesteht. Ich schaue nach oben: Auf den Hasen fällt ein Schatten. Plötzlich weiß ich nicht mehr, woher meine Gedanken kamen. Natürlich redet dieser Hase nicht, und natürlich gibt es meinen Freund. Schließlich habe ich sein Foto dabei, seinen Kapuzenpullover und den Roman. Ich weiß sogar, wo er sich gerade aufhält. Wie immer sitzt er in der Bibliothek, und mittags geht er über die Straße in die kleine Cafeteria. Einmal haben wir dort mit einer Büroklammer die Kaffeemaschine geknackt und Kaffee und Kakao getrunken, bis uns schlecht war. Wir haben dort auch die Ausreden für Familienfeiern erfunden, wir haben unsere Spanien- und unsere Thailandreise geplant. Spanien war wunderschön, aus Thailand ist noch nichts geworden.

Marleen sagt, dass sie neulich in einem totenstillen Haus aufgewacht ist: Ohne Bescheid zu geben, war ihre Gastfamilie in die Berge gefahren. Jetzt will sie wechseln oder besser abbrechen, zu Hause hat sie im Nachrückverfahren einen Studienplatz bekommen. Doro diskutiert mit dem Kellner über den Unterschied zwischen Veganismus und Laktoseintoleranz und erzählt dann vom letzten Polittreffen: Ihre Gruppe will gegen den geplanten EU-Austritt demonstrieren. Neben uns sitzen zwei Frauen, die sich ihre Hände mit einer durchsichtigen Lotion desinfizieren und erst dann in ihre Baguettes beißen. Mein Lächeln erwidern die beiden nicht, aber ich sehe es deutlich: Sie finden die Stadt genauso verkommen wie ich. Im Unterschied zu mir reisen die beiden bald wieder ab.

An meinem siebenundzwanzigsten Tag in der Fremde – ich trete vom Kindergarten nach draußen – formt direkt vor mir ein Radfahrer mit Daumen und kleinem Finger ein Telefon. Hinter ihm tauchen die Blonde und Olivia auf, aber ich renne schon zur Haltestelle. Der Radfahrer und ich kennen uns nicht, dennoch kann er nur mich gemeint haben. Niemand in dieser Stadt wartet so dringend auf einen Anruf wie ich, und auch wenn ich nicht weiß, wie er davon erfahren hat, glaube ich ihm. Ich muss sofort in die Villa fahren, jederzeit kann das Telefon klingeln. Noch nie ist mir aufgefallen, welch seltsame Schleifen die Leute hier gehen und wie oft sie aus dem Nichts heraus stehenbleiben. Mir kommt der Satz einer Touristin in den Sinn, vor der Pfarrkirche habe ich ihn aufgeschnappt: »Bei den Kellnern hier wundert es mich nicht, dass deren Wirtschaft nicht in die Gänge kommt.«

Zum Glück lässt die Straßenbahn nicht lange auf sich warten. Sie bringt mich über den Fluss, draußen laufen die ersten Touristen. Sie gehen die Wege, die jeden Tag gegangen werden, sie schießen die Fotos, die jeden Tag geschossen werden, der Kopf der Kettenbrücke, das Denkmal auf dem Freiheitsplatz. Die meisten bleiben zwei oder drei Tage, und zwei oder drei Tage reichen nicht aus, um an der Margaretenbrücke die alte Frau zu entdecken, die Rasierklingen und bunte Tabletten nur wenige Forint günstiger als in der Drogerie hinter sich anbietet. In zwei oder drei Tagen beobachtet niemand, wie eine junge Mutter sich Essensreste von einem verlassenen Tisch in eine eigens mitgebrachte Plastikdose schieben will, der Kellner ihr jedoch zuvorkommt und die Teller in die Küche bringt. Selbst die Touristen, die länger bleiben, verlassen die Innenstadt nicht. Dabei fahren die Busse nur zehn Minuten bis in die Viertel, in denen Hochhäuser in den Himmel wachsen, in denen die Grünflächen grau sind und Kinder von ihren Eltern an die Öffnungen der Kleidercontainer gehoben werden, damit sie nach neuen Sachen fischen. Ich drücke meine Tasche fest an meine Hüfte und wechsle von der Straßenbahn in den Bus. Manchmal wäre ich gern so unbeschwert wie Lili, aber dann hätte mein Freund sich damals nicht in mich verliebt. Ihm gefällt meine Art, auf die Welt zu schauen, das hat er oft genug gesagt.

Heute liegt auf dem roten Wagen eine schwarze Katze, die mich aus schmalen Augen anschaut.

»Ksch«, mache ich. Das Tier lässt sich nicht stören.

Die Villa liegt still, neben dem Telefon finde ich keine Notiz. Ohne anzuklopfen, reiße ich die Küchentür auf. »Hat mein Freund angerufen?«

Die Haushälterin wendet mir den Rücken zu. Sie steht am Herd und hat mich offenbar nicht gehört.

»Es muss jemand angerufen haben!« Ich spreche lauter.

Erst als sie sich umdreht, sehe ich die Kopfhörer, ein altmodisches Modell mit einem Bügel aus stumpfem Metall. Aus ihrer Schürzentasche holt sie einen Walkman und betätigt umständlich eine Taste.

»Hat das Telefon geklingelt«, frage ich, »oder wieso hat der Radfahrer mir ein Zeichen gegeben?«

Die Haushälterin schüttelt den Kopf, und ich kann nur hoffen, dass ihre Musik nicht lauter als das Klingeln war.

Unter dem Dach klicke ich mich durch meine Nachrichten der letzten Wochen. Sind es zu viele? Es sind nicht zu viele. Klingen sie zu anhänglich? Sie klingen nicht zu anhänglich. Ich atme den Duft des Kapuzenpullovers ein, ich blättere erst im Roman, dann in meinem Vokabelheft. Irgendetwas, vielleicht ein Tier, hat die Landebahn zerstört, die die Kleine und ich im Garten markiert haben. Die Steine liegen kreuz und quer, nun können uns die Raketenwesen nicht besuchen.

Gegen Mittag klopft die Haushälterin, um frische Blumen und Mohnnudeln zu bringen. Zum ersten Mal setzt sie sich zu mir, aus ihrer Schürzentasche zieht sie ein paar Fotografien. Obwohl sie Abstand hält, spüre ich ihre Wärme auf meinem Oberarm. Ich rücke ein Stück an sie heran. Die ersten Fotos sind alt, eher schwarz-gelb als schwarz-weiß, mit geknickten Ecken. Ich betrachte ein verfallenes Haus, einen verwilderten Garten, zwei Jungen mit akkuratem Scheitel. Eine neuere Aufnahme, in Farbe, zeigt eine Wallfahrt. Auf einer Lichtung stehen die Kirchenfahnen, dazwischen der Priester, im Hintergrund erkenne ich die Haushälterin. Ihre Haare sind grau und nicht weiß, und ihr Rock reicht knapp übers Knie. Ich kenne sie nur mit wadenlangen Röcken.

Zu jedem Bild erklärt die Haushälterin etwas, in ihrem Redefluss verstehe ich kein Wort. Als ich Blumen sehe, nenne ich den ungarischen Ausdruck. Die Haushälterin lächelt und nickt. Meike hat mir erzählt, dass in den Jahren, als sie aufwuchs, Deutsch unerwünscht war. Ihren Sohn hat sie Deutsch in der Schule lernen lassen, sie hat nach einer deutschsprachigen Frau für ihn gesucht, und ihre Enkel wurden wieder zweisprachig erzogen. Dass beide zum Medizinstudium nach Deutschland gegangen sind, ist ihr ganzer Stolz. Sie schickt ihnen einen Teil ihres Gehalts und geht davon aus, dass sie nach ihrem Abschluss zurückkehren.

Auch am nächsten und übernächsten Tag kehre ich in die Villa zurück, sobald ich die Kleine abgegeben habe. Ich dusche mir die Stadt von der Haut, lege mich auf mein Bett und warte. Das Mittagessen lasse ich mir von der Haushälterin auf den Schreibtisch stellen. Mit dem Roman komme ich nicht voran, Vokabeln kann ich unmöglich lernen, und als ich auf meinem Laptop die Lieblingslieder meines Freundes laden will, spinnt das Internet. Hat er vier Wochen gesagt, das war gestern, oder einen Monat, das wäre morgen, wie konnte ich das vergessen?

Als mein Handy summt, springe ich so schnell auf, dass mir weiß vor Augen wird und mein Zimmer verschwindet.

Kommst du noch?

Sind wir verabredet, ist er hier, habe ich etwas falsch verstanden?

Aber die Nachricht stammt von Lili. Letzte Woche haben wir vereinbart, dass wir den Nachmittag im Thermalbad am Stadtwäldchen verbringen. Schnell schreibe ich, dass es mir nicht gut geht.

Was hast du, kommt es zurück, *brauchst du irgendwas?*

Magenverstimmung klingt überzeugend, und genauso überzeugend klingt, dass die Haushälterin sich um mich kümmert. Am Nachmittag sage ich der Kleinen, dass wir heute nicht zum Kletterschiff gehen. Wir haben dort zu viel Zeit verbracht, und Kinder brauchen Abwechslung. Nur Abwechslung macht sie glücklich, nur bei Abwechslung bekommen sie Hunger, und es wäre mir wirklich lieber, wenn die Kleine mehr isst.

»Die kleine Anna wartet am Kletterschiff«, sagt sie.

»Es sieht nach Regen aus«, sage ich.

»Es sieht nach Sonne aus.«

»Wir machen erst einmal deine Haare auf, okay? Und dann lassen wir uns von der Guten Seele etwas zu essen geben.«

»Und danach gehen wir zum Kletterschiff.«

»Wir bleiben lieber hier.«

»Papa hat versprochen, dass du machst, was ich sage.«

»Ich mache morgen wieder, was du sagst.«

»Die Gute Seele macht, was ich sage.«

»Was hältst du von einem Autorennen?«

»Am Kletterschiff?«

Auf der Flugroute durch die Villa folgt sie mir nicht, den Shuttleservice will sie auch nicht übernehmen, und an ihre Flugzeugalben darf immer noch nur die Haushälterin. Aus meiner Trickkiste hole ich einen Vormittag am Flughafen. Dorthin fahren wir, sobald es kühler ist und die Fahrt an den Stadtrand weniger strapaziös.

»Sowas hat die Gute Seele mir nie versprochen, wann geht es los?«

»Im Herbst.«

»Wann ist Herbst?«

»Da müssen wir noch ein paar Mal schlafen.«

»Wie oft?«

Wir basteln einen Abreißkalender, dann bauen wir aus ihren Holzbausteinen einen Flughafen. Ich denke mir aus, woher Flu, Flo und Fla gerade kommen. Die Fragen der Kleinen lassen die Geschichte immer absurder werden. Auch wir sind ein perfektes Team, wir finden unsere Spiele bestens, und bald wird die Kleine sie nicht mehr unterbrechen, um der Haushälterin ein neues Bild zu zeigen oder ihren Vater zu begrüßen, der gerade nach Hause kommt. Bald sind wir uns so nahe, dass niemand mehr zwischen uns treten kann.

Beim Abendbrot springt sie vom Stuhl, statt zu essen, und klettert wieder hinauf. Springt herunter, klettert hinauf und ignoriert Meikes Ermahnungen. Auf Thomas hört sie meistens, aber der ist beim Workshop für die neuen Schülermediatoren.

»Wieso bist du so wild«, fragt Meike, »wart ihr nicht draußen?«

»Wir haben einen Flughafen gebaut«, sagt die Kleine.

»Am Kletterschiff?«

»In meinem Zimmer«, sagt die Kleine.

»Wieso nicht am Kletterschiff?«

»Es hat nach Regen ausgesehen«, sagt die Kleine.

»Es hat seit Wochen nicht nach Regen ausgesehen.« Meike wendet sich an mich: »Es wäre mir lieber, wenn ihr die letzten schönen Tage draußen verbringt.«

»Wir waren draußen«, sage ich, »wir waren am Kletterschiff.«

»Das ist gelogen«, sagt die Kleine, »wir haben den Flughafen in meinem Zimmer gebaut.«

»Wir haben ihn am Kletterschiff gebaut.«

Die Kleine wirft eine Handvoll Salat auf den Tisch. Sie muss ohne YouTube-Clip und ohne Geschichte ins Bett, bis unters Dach höre ich ihr Weinen. Auch mir tut es weh, dass mir die Stadt außer einer Lüge keine Wahl gelassen hat. Zum Trost bastle ich ein Weltraumkletterschiff, in dem wir uns am nächsten Nachmittag ins All schießen. Beim Abendessen erzählen wir ihren Eltern, was wir dort erlebt haben. Die Weltraumsonne hat geschienen, wir waren von Weltraumkindern umgeben, und nur die Weltraumsahnetorte in unseren Bäuchen verheimlichen wir.

Wenn mein Freund nicht Wort halten würde, wäre er nicht mein Freund, und er hält Wort, natürlich hält er Wort. Auch als ich in England war, hat er Wort gehalten und mich besucht, und dass er mich von meiner letzten Prüfung nicht abgeholt hat, fünf Tage vor meiner Abreise, habe ich ihm schon verziehen. Wir hatten es zwar so vereinbart, hatten uns diesen Tag monatelang ausgemalt, das Mittagessen in der kleinen Cafeteria, den Streifzug durch zwei, drei Klamottenläden, den Absacker in unserem Lieblingscafé und dann ab ins Bett, zeitig, sehr zeitig – das alles hatten wir vereinbart, aber jedem kommt einmal etwas dazwischen.

Das Telefon klingelt an meinem sechsunddreißigsten Tag in der Fremde, einem Mittwoch. Die Kleine ist im Kindergarten, Meike im Werk, Thomas im Schulclub, die Haushälterin in der Küche, und wenn ich nicht sicher wüsste, dass mein Freund sich jeden Moment meldet, wäre ich zu meinem ersten Sprachkurs gefahren.

Mit dem Klingeln springe ich auf und renne in den Flur. Auch wenn ich nichts sehe, bedenke ich die niedrigen Stufen. Ich bin schneller als die Haushälterin, die aus der Küche tritt, einen roten Eimer in der Hand. Sie schaltet das Licht an, ich kneife die Augen zusammen, und obwohl ich mir schon vor Tagen vorgenommen habe, mich lässig zu melden, mit einem »Ja, bitte?«, als würde das Telefon häufig für mich klingeln, höre ich mich rufen, fast schreien: »Bist du's?«

»Du bist ja total außer Atem«, sagt mein Freund, »passt es nicht?«

»Endlich meldest du dich! Weißt du, was ich dich die ganze Zeit fragen will? Ob du schon einmal ein Kamel mit nur einem Auge gesehen hast!«

»Was?«

»Als wir im Zoo waren, war der Futterautomat kaputt. Du kannst dir nicht vorstellen, wie viel diese Tiere fressen können, und eines hatte nur ein Auge, das sah so gruselig aus. Meinst du, es würde in freier Wildbahn überleben?«

Selbst auf die unendliche Entfernung spüre ich sein Zögern. Ich muss etwas anderes erzählen, und ich muss es langsamer erzählen. Mit dieser Panikstimme bringe ich ihn nicht zum Reden. Ich setze mich auf die unterste Treppenstufe, bohre den Nagel meines Zeigefingers in eine geschlitzte Schraube und zwinge mich, ruhig zu atmen. Ich stelle mir vor, dass wir unter einer Bettdecke liegen. Die Decke ist zu schmal für uns, und nicht nur deshalb liegen wir eng beieinander. Wir reden im Flüsterton, und jetzt flüstere ich: »Sag schon, wie geht es dir?«

Die Haushälterin poliert den großen Spiegel, bis das Licht der Lampen darin noch heller strahlt. Mach dir keine Sorgen, lese ich in diesem Strahlen, er liebt dich. Er liebt dich wie niemanden auf der Welt, und er will sein Leben mit dir verbringen. Und wirklich, mein Freund beginnt zu reden, zwar ohne rechte Überzeugung und nur über seine Arbeit, und erst wundert mich das, doch dann fällt mir ein: Seit meiner Abreise besteht sein Leben nur noch aus Schreiben, und alle Doktoranden tragen sich von Zeit zu Zeit mit Zweifeln.

»Manchmal denke ich, ich sollte es einfach lassen. Ich weiß gar nicht, warum ich so scharf auf diesen Titel war.«

»Nach all den Jahren willst du aufgeben?«

»Das führt doch zu nichts.«

Gemeinsam lauschen wir, wie der Atem des anderen, mal leiser, mal lauter, die Leitung zum Knistern bringt. Kurz überlege ich zu widersprechen. Aber vielleicht ist es besser, ihm seine Zweifel zu lassen.

»Bin ich jetzt dran«, frage ich, dann fange ich an zu reden. Ich rede von der Kleinen, von meinem eigenen Bad und von Marleens Horrorfamilie, von der sogenannten Prachtstraße, von Lilis Lieblingsgebäude, das ich vorübergehend zu meinem Lieblingsgebäude mache, und von der Sprache, die ich langsam lerne. Auf einmal weiß ich nicht mehr, warum mir die Stadt so hässlich vorgekommen ist. Jetzt, da ich mit meinem Freund telefoniere, finde ich sie wunderschön.

»Und die anderen Aupairs sind nett«, sage ich, »wir treffen uns fast jeden Tag und gehen shoppen oder tanzen.«

»Kriegst du eigentlich von der politischen Lage etwas mit«, fragt mein Freund, »in deutschen Zeitungen liest man die wildesten Sachen.«

»Darüber unterhältst du dich besser mit Doro, wenn du mich besuchst. Die kennt sich aus.«

Ich beiße die Zähne aufeinander und drehe meinen Zeigefinger, bis der Nagel am Schraubenschlitz bricht. Das ist der Moment, in dem mein Freund einen Besuch vorschlägt. Gleich schlägt er einen Besuch vor. Jetzt schlägt er einen Besuch vor. Ich höre ihn Luft holen. Er holt Luft, um zu sagen: Klar besuche ich dich, mein Flug geht morgen. Er sagt: »Was ist das eigentlich für eine Geschichte mit diesem Mädchen, sie isst so schlecht, hast du geschrieben?«

»Du meinst Tabea«, sage ich, »das ist wirklich seltsam. Ich wünschte, du würdest dir das anschauen.«

»Was heißt, sie isst schlecht?«

»Wie sie den Löffel hält, bereits das ist eine Sache für sich. Du besuchst mich doch?«

»Bestimmt darfst du keinen Besuch bekommen.«

»Thomas und Meike freuen sich, dich kennenzulernen.«

»Hast du mich schon angekündigt?«

»Und die anderen Aupairs freuen sich auf dich.«

»Ihnen hast du auch von mir erzählt?«

»Du könntest dir eine Woche freinehmen, danach macht dir auch die Arbeit wieder mehr Spaß.«

»Gerade kann ich mir keinen Flug leisten.«

»Ich gebe dir etwas dazu, ich verdiene hier genug.«

»Zuerst solltest du sowieso die Sache mit dieser Tabea klären.«

»Und wenn sie isst, dann kommst du?«

»Ich habe wirklich zu tun, bis zum Jahresende habe ich mir jedes zweite Wochenende gestrichen.«

»Bis zum Jahresende? So lange brauche ich niemals. Du wirst sehen, spätestens in einem Monat isst die Kleine ganz normal.«

»Hör mal, ich muss los. Carolin und ich schauen uns heute die neue Ausstellung im Kunstverein an. Ich wollte nur sichergehen, dass alles in Ordnung ist. Wie wäre es, wenn wir im neuen Jahr wieder telefonieren? Aber ich melde mich, okay?«

»Wenn du kommst, das wird prima! Du kannst hier sogar deine Dissertation beenden, es gibt tolle Bibliotheken. Der Herbst soll stürmisch sein. Am besten, du kommst über Weihnachten. Ja, Weihnachten ist gut, da haben wir die Villa für uns, und bis dahin habe ich die Kleine locker zum Essen gebracht.«

»Du hast das falsch verstanden.«

»Mach dir keine Sorgen, das kriege ich hin. Ich habe genug Kinder betreut. Eigentlich muss ich nur etwas kochen. Das habe ich bisher der Haushälterin überlassen, wahrscheinlich war das der Fehler. Die anderen Aupairs kochen jeden Tag für ihre Kinder.«

»Jetzt hör mir doch mal zu.«

»Mach dir keine Sorgen, ich habe alles richtig verstanden. Sollen wir zuerst in die Nationalgalerie oder ins Fotografiemuseum gehen?«

»Ich rede nicht mit dir, wenn du mir nicht zuhörst, das habe ich dir oft genug gesagt.«

»Ich höre dir zu. Du hast gesagt, dass du spätestens Weihnachten kommst, und dann schauen wir uns die Stadt an. Du wirst dich wundern, wie gut ich mich schon auskenne.«

»Ich lege jetzt auf.«

»Und bald sehen wir uns.«

»Mach's gut.«

Noch eine Weile bleibe ich sitzen, den Hörer in der Hand, und beobachte die Haushälterin. Wenn sie sich nach vorn beugt, um den Lappen auszuwringen, blinkt zwischen ihren Brüsten das goldene Kreuz. Trotz der Entfernung und obwohl sie einen Kopf kleiner ist als ich, fühle ich mich in ihrer Gegenwart geborgen.

2

Er kommt mich besuchen. Er kommt mich besuchen. Wenn die Kleine nur isst, kommt er mich besuchen. Die ganze Nacht tickt dieser Satz in meinem Kopf. Irgendwann beginnt es mit einem Schlag zu regnen. Am Morgen haben sich die Straßen in Bäche verwandelt. Es sind kaum Autos unterwegs, Busse und Bahnen verkehren nicht mehr. Thomas und Meike lassen sich vom Fahrdienst des Werks abholen. Ich ziehe der Kleinen Gummistiefel und eine gelbe Jacke an und sage im Kindergarten Bescheid, dass wir auf dem Rosenhügel bleiben.

Wir machen große Sätze von Pfütze zu Pfütze, und wer den Boden berührt, wird vom Asphaltmonster verschlungen. Im Wasser schwimmen dünne Plastiktüten und trockene Blätter. Es dauert nicht lange, bis die Kleine ein zu tiefes Loch erwischt. Dreckwasser schwappt in ihre Stiefel und spritzt mich von der Hüfte abwärts nass. Erschrocken schaut sie mich an. Erst will ich schimpfen, dann greift schon wieder der Übermut nach mir. Auch gestern war ich übermütig, und damit lag ich richtig: Wenn ich meinen Freund nicht gefragt hätte, hätte er mir seinen Besuch bestimmt nicht versprochen. Bei der Kleinen scheint der Übermut ebenfalls zu wirken: Als ich über unsere nassen Sachen einfach lache, lacht sie mit und steht schon in der nächsten Pfütze.

Eine Stunde später, zurück in der Villa, sind ihre Füße steif gefroren. Ich brause sie in der Wanne ab. Sogar ihre Haare darf ich waschen, und ich kämme sie, ohne dass sie schreit. Die Wollstrumpfhose will sie nicht anziehen. »Die kratzt!«

»Ich packe dich lieber dick ein, nicht dass du krank wirst.«

»Ich bin nie krank.«

»Soll ich dir einen Apfel aufschneiden?«

»Ich will zum Flughafen.«

»Lieber ein Stück Birne?«

»Kommt das Asphaltmonster morgen wieder?«

»Zuerst kommt ein Stück Pfirsich, und das landet direkt in deinem Mund.«

Vier Tage regnet es, und jeden Tag sinkt die Temperatur um fünf Grad. Die Kleine sitzt vor der Glasfront und verfolgt die Wege, die die Tropfen nehmen. Die Kartoffeln, der Gurkensalat, die zwei Ketchupkleckse auf ihrem Teller interessieren sie nicht. Sie will nicht wissen, wie die Freunde des Radieschenigels heißen, und Meike kann es sowieso nicht leiden, wenn wir beim Essen flüstern. Der Großteil der Arbeiter erreicht das Werk nicht mehr, sagt sie. München will, dass sie den Lohn kürzt. Das macht sie nicht, weil die Arbeiter dann versuchen, trotz des Wetters ins Werk zu kommen, und das ist im Moment lebensgefährlich. Auch ich soll meine Schritte vorsichtig setzen: Das Wasser drückt die Gullydeckel nach oben, und wer ihre Lage nicht kennt und fehltritt, verschwindet in der Kanalisation. Im besten Fall taucht der tote Körper dann am Flusslauf in Rumänien wieder auf, wenn es schlechter läuft, feiern in den dunklen Gängen unter der Stadt die Ratten ein Festmahl.

»Du machst ihr Angst«, sagt Thomas, »siehst du das nicht?«

»Ich habe keine Angst.« Ich sehe auf und merke, dass er die Kleine meinte. Alle drei müssen wir lachen.

»Warum lacht ihr«, ruft die Kleine und lacht mit.

Er hat angerufen, schreibe ich an Lili, *das müssen wir feiern!*

Haben wir es nicht gesagt, schreibt Lili zurück. Sie und Marleen stecken jedoch am Balaton fest, die Blonde bekommt nicht frei, und Doro kann wegen der Regenfälle ihren Vorort nicht verlassen. Sie schreibt, dass ich am Sonntag an der Demo am Freiheitsplatz teilnehmen muss. Angeblich geht es ums Ganze.

Die anderen drei interessieren sich nicht für das Ganze: Am Sonntag sind sie wieder zurück, wir haben uns auf dem Spielplatz im Jahrtausendpark verabredet. In den Pfützen zittert eine klare Wintersonne, der Herbst wurde einfach übergangen. Durch die Busse, in denen vorher die Hitze stand, pfeift der Wind, und die Kälte macht mich leicht. Unter meinen Schuhen knirscht es: Über Nacht hat jemand die Scheinwerfer des roten Wagens zerschlagen. In den Löchern hängen bunte Blätter. Auch die Straßen haben sich mit Laub gefüllt, an manchen Stellen liegt es knöchelhoch. Die Kleine zieht mich hinter sich her. Wir schleudern die Beine nach vorn. Blätter fliegen über unsere Köpfe, eins bleibt in ihren Haaren hängen.

»Schneller«, ruft sie.

»Höher«, rufe ich.

Obwohl mir der Wind die Wärme aus den Wangen zwickt, wird mir in meinem Wintermantel warm. Die zwei Bäume auf dem Weg zum Jahrtausendpark sind mir noch nie aufgefallen. Sie sind so ineinander verwachsen, dass der eine ohne den anderen umknicken würde. Die Kleine zeigt auf den Palast dahinter: Mit ihrem Hubschrauber landen die Eigentümer manchmal auf dem Dach. Umsonst warten wir auf sein Erscheinen und erreichen den Spielplatz eine halbe Stunde zu spät. Lili und die anderen sitzen auf einer bunten Bank. Ich beuge mich hinunter, seit kurzem begrüßen wir uns mit Küsschen. Die Wangen von Lili und Marleen sind warm, die der Blonden sind kühl. Ich setze mich dazu und spüre, dass ich glücklicher bin, als gut für mich ist.

»Die meisten halten das für eine Spinne«, flüstere ich der Kleinen ins Ohr und zeige auf das Klettergerüst, »nur wir beide wissen, dass es sich um einen Flugkäfer handelt. Gehst du spielen?«

Die Kleine schaut in Marleens Kinderwagen. »Wieso schreit das Baby?«

Wie*ssso,* da*sss* Baby, ich fixiere die anderen. Ich muss ihnen endlich sagen, dass die Kleine lispelt und ihre Eltern nichts dagegen unternehmen. Ich habe ihnen jetzt lange genug den Glückspilz vorgespielt. Aber als Lili sich nach dem Telefonat erkundigt, sage ich: »Vor allem besucht er mich bald.«

»Wann«, fragt die Blonde.

»Weihnachten«, sage ich, »er kommt über die Feiertage.«

»Gibt es da überhaupt noch Flüge«, fragt Marleen.

»Bestimmt«, murmle ich, »wenn er es sagt.«

Die Kleine erklimmt das Klettergerüst, neben ihr spielen die Kinder der Blonden. Die Zwillinge jagen Olivia über die Hängebrücke und schreien: »We'll get you! We'll eat you! You're yummy! Your little arms! Your little legs!«

Zusammen planen wir, was mein Freund und ich über die Feiertage unternehmen. Lili und Marleen empfehlen das Thermalbad am Stadtwäldchen und ein neues Restaurant im achten Bezirk. Die Blonde meint, wir sollen besser im Bett bleiben, statt uns von Kellnern ignorieren zu lassen. Lili widerspricht: In diesem Restaurant sind die Kellner aufmerksam, und zwei ungarische Sätze öffnen jedes Herz, selbst wenn sie vor Fehlern strotzen. Überhaupt ist die Blonde selbst schuld, wenn sie die Sprache nicht einmal zu lernen versucht.

»War nur Spaß«, sagt die Blonde, »sei froh, dass Doro nicht hier ist. Die würde euch wahrscheinlich zu einem Hungerstreik vor dem Parlament überreden.«

»Wenn ihr mich fragt, hat Doro Recht«, sagt Lili, »ich will mir mein Aupairjahr trotzdem nicht versauen lassen.«

Nach und nach schwindet meine Angst, dass ich voreilig gewesen bin. Ich bringe die Kleine zum Essen, ich suche im Internet nach Essenstricks, oder ich rede noch einmal mit Thomas und Meike, und überhaupt schaffe ich alles, schließlich bin ich seit fünf Wochen in dieser Stadt, und bisher ist mir nichts –

Ein Schrei unterbricht meine Gedanken: Olivia ist von der Hängebrücke gefallen. Von oben sehen die Zwillinge auf sie herab, ihre Mienen wechseln zwischen Triumph und Schrecken. Alle vier rennen wir zum Klettergerüst. Olivia liegt auf dem Rücken und schreit den ganzen Spielplatz zusammen. Ungarische Kinder kommen dazu, ungarische Mütter. Die Blonde trägt Olivia zur Bank und kramt Kinderkekse hervor. Sofort geht es Olivia wieder gut. Auch die Zwillinge greifen nach den Keksen. Die Kleine erobert solange die Hängebrücke. Sie ist das einzige Kind, das nichts isst, und vielleicht fällt den anderen das nicht auf, wenn ich mir selbst ein paar Kekse nehme. Lili und Marleen bedienen sich ebenfalls.

»Seid ihr verrückt«, fragt die Blonde, »nehmt ihr nicht zu?«

Lili und Marleen zucken mit den Schultern: Angeblich können sie essen, was sie wollen, und überschüssige Kilo tanzen sie sich wieder ab.

»Außerdem darf ich das«, sagt Marleen, »mein Freund geht seit einer Woche nicht ans Telefon.«

Lili ruft: »Das sagst du erst jetzt?«

»Er schickt auch keine Nachrichten mehr, hat deiner Nachrichten geschickt? Dabei hat er mir am Flughafen ein tolles Geschenk gemacht, Mütze und Schal und eine Wärmflasche, damit habe ich überhaupt nicht gerechnet.«

»Noch dreiundachtzig Tage«, sage ich, »ich freue mich so!«

Die Kleine kommt herüber. »Fährst du wieder weg?«

»Keine Sorge, ich bleibe bis zum Sommer.«

Sie fällt mir um den Hals. »Du sollst für immer bleiben!«

Einen ganzen Tag verbringt die Haushälterin auf der Leiter. Zuerst putzt sie die Glasfront zur Terrasse, das dauert bis Mittag, dann sind die Fenster an der Reihe. Geschickt hält sie sich auf den Sprossen, ihre weiße Bluse ist schon grau. Am Nachmittag ertappe ich sie dabei, wie sie auf der untersten Sprosse sitzt und sich die rechte Seite hält. Als wäre sie mir Rechenschaft schuldig, springt sie bei meinem Anblick sofort auf. In ihren Augen sehe ich den Schmerz und an ihren Lippen, wie sie ihn wegschluckt.

»Kannst du mir zeigen, was die Kleine am liebsten isst«, frage ich, »sie wird immer dünner, siehst du das auch?«

Auf dem Vorratsregal in der Küche steht ein Marienbild. Marias Gesicht ist lieblich, das Kind auf ihrem Arm gut genährt. Ich zeige auf Dosenmandarinen, auf Schokolade, auf Schinken, aber das scheint nicht das Richtige zu sein.

»Wenn ihr früher unterwegs wart«, frage ich, »was hast du ihr da gegeben?«

Von der ungarischen Antwort verstehe ich kein Wort.

»Und wenn du mal ein neues Gericht ausprobierst?«

Wieder verstehe ich nichts.

»Oder ich koche etwas«, sage ich, »nächste Woche gehen wir zusammen in der Supermarkt. Und jetzt putze ich mein Fenster.« Ich will nach dem roten Eimer greifen, doch sie schiebt mich zur Seite.

Nach dem Putzen bleiben die Fensterläden offen, plötzlich ist die Villa hell, mild, freundlich. Das Licht von draußen lässt die Blumen leuchten, und ich entdecke eine kleine Narbe unter Meikes Kehlkopf, von einer Schilddrüsenoperation oder einem Luftröhrenschnitt. Die Narbe färbt sich rot, als sie auf die Haushälterin schimpft: Angeblich haben Thomas und Meike ihr schon im Frühjahr verboten, die Fenster zu putzen, und vor allem sollte sie mit der Kleinen nicht in den Zirkus gehen. Doch da sind die beiden, es ist der erste Gute-Seelen-Tag. Anfang der Woche hat Thomas mich gefragt, ob die Kleine einen Nachmittag im Monat mit der Haushälterin verbringen darf, und ich habe zugestimmt. Ich habe das Herz der Kleinen erobert, das weiß ich genau, und vorsichtshalber habe ich für heute Abend noch ein Holzflugzeug gekauft, außerdem Spaghetti, Tomaten und Beerensaft.

»Hätten sie nicht wenigstens in den Zoo gehen können«, sagt Meike, »oder ins Puppentheater? Beim nächsten Mal brauchst du übrigens nicht zu kochen, da bestellen wir wieder etwas.«

»Schmeckt aber super«, sagt Thomas.

Das stimmt nicht ganz. Die Soße ist mir gelungen, über eine Nachricht an meinen Freund sind mir jedoch die Spaghetti zerkocht. Ich habe ihm von Marleens Freund geschrieben: *Auch bei anderen knirscht es manchmal, aber bestimmt vertragen sich die beiden wieder. Heute koche ich Spaghetti mit Spezialsoße!*

Ich sage: »In der Küche steht schon eine Portion für die Kleine.«

»Was haben eigentlich die Erzieherinnen gesagt?«

»Was meinst du?«

Meike deutet auf ihren Teller. »Finden sie auch, dass die Kleine normal isst?«

»Ach so.« Ich schließe die Augen. »Die wollen das beobachten. Bei den vielen Kindern fällt ihnen nicht alles auf.«

Meike glaubt, wenn etwas nicht in Ordnung wäre, hätten die Erzieherinnen das längst bemerkt. Schließlich kostet der Kindergartenplatz genug. Ich behalte für mich, dass ich da keinen Zusammenhang erkennen kann. Erst neulich konnte eine Erzieherin ein wütendes Kind nicht beruhigen, und Olivia wurde schon wieder mit einem falschen Namen angesprochen.

Meike will wissen, ob ich am Abend etwas vorhabe. Später kommen die Eltern der großen Anna.

»Wenn euch das lieber ist, bleibe ich in meinem Zimmer.«

»Es sind wichtige Gäste«, sagt Thomas mit einer gekünstelten Stimme.

»Was soll das?« Die Narbe wird röter. »Ich würde auf der Arbeit auch lieber Billard spielen.«

Nach ihrer Rückkehr spannt die Kleine einen Strick durch ihr Zimmer. Statt Pilotin will sie Hochseilartistin werden und übt schon zu jonglieren. Ich reiche ihr die Holzbausteine, die heute Abend glühend heiße Feuerkeulen sind. Ihre Eltern laufen die Treppe herauf und hinab, ihnen wäre es lieber, wenn die Kleine schlafen ginge. Sie denkt gar nicht daran, sich die Zähne zu putzen. Gegessen hat sie angeblich schon mit der Haushälterin. Wenigstens steckt sie im Schlafanzug, als die Eltern der großen Anna klingeln.

»Tall Anna went to bed without playing up«, sagen sie in spitzem Oxfordenglisch, »are you a good girl, too? If not, the sleep monsters will eat you.«

Die Kleine ruft: »Only babies believe in sleep monsters!«

Der Abend geht lange. Bis in meinen Traum höre ich den Singsang der Stimmen, von Zeit zu Zeit gemeinschaftliches Lachen.

Jemand hat im jüdischen Viertel unter das Fallrohr einer Regenrinne eine Pfütze gemalt, in der Algen, Muscheln und Fische schwimmen. Ein Fisch zwinkert alle Passanten an, aber nur mir ruft er zu: Vergiss endlich deine ständigen Sorgen! Ich erfülle ihm den Wunsch, auch weil ich sehe, dass die Briefträger in dieser Stadt Grün tragen, grün wie die Hoffnung. Nur das Hakenkreuz an der Synagoge erschreckt mich. Schon kommen vier Männer in orangeroten Westen und putzen es weg. Bald kann ich mit ihnen, bald kann ich mit allen Leuten reden.

Im Kursraum schwebt Kreidestaub, vermischt mit dem Geruch der vorigen Gruppe. Drei Damen sind schon da, zwei Geschäftsmänner und ein junger Typ mit kleinem Bart. Er weist auf den leeren Platz neben sich und stellt sich als Micki vor, aus New York, Praktikant bei einer Internetzeitung. Heimlich schreibe ich mir die fünf Buchstaben in die Handfläche. Micki passt nicht zu seinem Bart, so kann ich mir den Namen besser merken. Er zeigt mir seine Aufzeichnungen der letzten drei Wochen, *szia, viszlát*, die Zahlen von eins bis zehn und die wenigen Internationalismen, Salat, Kaffee, Internet. Das meiste steht schon in meinem Vokabelheft, nur die *ten good news* über die Sprache kenne ich noch nicht: Unter anderem gibt es kein grammatisches Geschlecht, kaum Unregelmäßigkeiten und nur eine Vergangenheitsform. So viele gute Neuigkeiten habe ich lange nicht gehört, warum reden die anderen immer nur von den vierzig verschiedenen Fällen?

Unsere Lehrerin unterrichtet in einer Mischung aus Englisch und Ungarisch. Die Vokale scheinen ihr wichtig zu sein, wir artikulieren Ös und Üs. Im Chor sprechen wir das ungarische Wort für *Flugzeug*, es enthält ein kurzes Ü und ein langes Ö, anschließend *schuldig*, mit langem Ü und kurzem Ö. Micki neben mir kämpft mit den Umlauten, aus seinem Mund klingen sie eher wie E oder I.

Für die Pärchenübungen wirbelt die Lehrerin uns durcheinander, *wie geht es dir, woher bist du, wo wohnst du?* Ich werde einer der drei Damen zugeteilt. Sie kommt auch aus Hamburg und beherrscht nur ein paar Brocken Englisch. Ich übersetze ihr die Aufgabenstellung, ihre Adresse will sie nicht verraten, und als ich vorschlage, für die Übung die Anschrift der Sprachschule zu verwenden, nennt sie mich albern.

Nach dem Kurs lotst Micki mich in einen syrischen Imbiss. IF YOU CAN DREAM IT YOU CAN DO IT lese ich an der Wand, und immer wenn wir nichts sagen, wiederhole ich den Spruch in meinem Kopf. Meine Pita reißt, Micki wischt sich Hummus von der Wange. Er will wissen, was meine Hobbys sind. Er praktiziert jeden zweiten Tag Tai-Chi.

»Wow«, sage ich, »I enjoy thinking.«

»That's great! What are you thinking about?«

»Currently«, sage ich, »what the favorite dish of a five-year-old child might be. The girl I'm taking care of doesn't want to eat. What did you like when you were a child?«

Micki will wissen, ob Kinder schon in diesem Alter dem üblichen Schönheitsideal nacheifern. Ihn würde das nicht wundern, denn auch hier hängen überall Plakate mit langgliedrigen Frauen, die knappe Hosen und perfektes Make-up tragen, und das, obwohl sich nur wenige die Produkte leisten können. »Do you know what the average salary in this country is?«

»I guess it's pretty low«, sage ich und fahre fort: Ich kann unterscheiden, ob ein Kind nur wählerisch ist oder ob mit ihm etwas grundlegend nicht stimmt. Bei der Kleinen gibt es ein grundlegendes Problem, auch wenn ich es noch nicht fassen kann, und eventuell kommt bei ihr eine organische Ursache hinzu, ich bin mir einfach nicht sicher. Ich muss etwas unternehmen, natürlich ihretwegen, aber auch, weil mein Freund mich erst dann besucht.

Micki runzelt die Stirn, und ich sage, ja, in meinen Ohren klang seine Bedingung zunächst ebenfalls seltsam. Was spricht jedoch gegen einen Liebesbeweis, schließlich ist der Weg weit, und wenn er kommt, soll alles perfekt sein. Ich hoffe, dass bis dahin auch die Stadt schöner ist, obwohl sie mir seit dem Regen schon besser gefällt. Ich frage: »Do you like this town?«

»If you consider it possible to like the most beautiful shithole of Europe I would say yes.« Micki interessiert sich für die Unentschlossenheit der Stadt, dafür, wie sich hier ein System über das andere stülpte, ohne dass die Menschen Zeit zur Anpassung bekamen. Dabei sind janusköpfige Wesen entstanden, sagt er, die ihre zwei Gesichter gar nicht bemerken, und egal von welcher Seite man sie anspricht, einer der beiden Köpfe weint immer. Ich verstehe, was er meint, auch wenn ich es anders ausgedrückt hätte.

Bevor wir uns verabschieden, erkundigt er sich nach meinen Wochenendplänen. Ich gehe mit meinen Freundinnen tanzen, sage ich, in diese Bar, zu der man nur mit einem Lastenaufzug gelangt, und schon auf dem Weg nach oben wird Alkohol verkauft.

»Drugs, too«, sagt Micki, »I heard about this place, sounds kind of stereotypical. Have you already been to the dance theater?«

»You should join us, we aren't stereotypical.«

Er geht direkt auf den Stephansdom zu, so als hätte die Internetzeitung dort ihren Sitz. Ich ertappe mich, wie ich ihm nachsehe, und sage im Stillen zu meinem Freund, dass er sich wegen dieses Bartträgers nun wirklich keine Sorgen machen muss.

Der Weg zum Flughafen ist kompliziert. Viermal müssen wir umsteigen, und schon mit dem ersten Bus geraten wir in einen Stau. Am früheren Moskauer Platz findet wieder eine Kundgebung statt, die Leute sind in Massen unterwegs. Ihre Transparente sind noch zusammengerollt, sie tragen Megafone, Rasseln, Flugblätter. Es ist nicht zu erkennen, ob sie für oder gegen die Regierung demonstrieren wollen, und deshalb weiß ich nicht, ob ich nach Doro und Micki Ausschau halten soll. Nur die Polizisten sind eindeutig zuzuordnen, sie tragen Weiß und Blau, stehen in Gruppen beisammen und lachen.

Die Kleine zieht sich die Zopfhalter aus den Haaren. »Die da draußen sind alle arbeitslos.«

»Du meinst, sie demonstrieren, weil sie keine Jobs haben?«

»Wer arbeitslos ist, kann nicht zum Arzt, und dann stirbt er. Das geht schneller, als man denkt.«

»So schnell geht das auch wieder nicht.«

»Die große Anna hat es gesagt.«

»Mein Freund war arbeitslos«, sage ich, »fast ein halbes Jahr, und dann hat er eine Stelle gefunden.«

Ein Knall lässt mich zusammenfahren: Genau auf unserer Höhe hat jemand eine offene Colaflasche gegen den Bus geworfen. Sekundenlang sitzt die Kohlensäure auf der Scheibe, bis die Flüssigkeit hinabgelaufen ist. Auf dem Asphalt dreht sich die Flasche um sich selbst. Sie dreht sich rasend schnell, und als sich auch in mir etwas zu drehen beginnt, schaue ich weg. Am Straßenrand entdecke ich einen verlassenen Werbestand. Offenbar sollte hier Eistee verteilt werden, und nun bedienen sich alle an den bunten Tetrapaks, Demonstranten, Touristen, Obdachlose, selbst die Polizisten.

»Ich werde nie arbeitslos«, sagt die Kleine, »zur Not stellt meine Mama mich ein, das hat sie versprochen.«

»Oder du kommst in meinen Betrieb«, sage ich. Mein Herz stolpert noch immer, meine Stimme klingt schon wieder fest.

»Was hast du für einen Betrieb?«

»Einen Pralinenbetrieb«, sage ich, »mit Schokolade in allen Formen und Farben.«

»Auch Flugzeuge?«

»Klar.«

Bis die Polizisten die Straße wieder freigeben, erfinden wir alle möglichen Pralinenformen. Es ist kalt im Bus geworden, als es endlich weitergeht, und erst in der U-Bahn kehrt die Wärme in meine Finger zurück.

Im Flughafen ist es viel zu laut, durch die Schiebetüren der Gepäckausgabe strömt gerade eine Reisegruppe. Die Türen schließen sich immer nur halb, dann kommt schon das nächste Paar. Die Touristen sammeln sich bei einer Frau, die ein Blatt mit roter Schrift in die Höhe hält. Ein Mädchen zwängt sich an der Gruppe vorbei und fällt einem Jungen um den Hals. Anders als das Paar an meinem ersten Tag in der Fremde sind diese beiden ganz still. Sie gehen zu einer Säule, um niemandem im Weg zu sein, und hören nicht auf, sich zu küssen.

Immer mehr Paare finden sich wieder. Manche küssen sich ebenso verstohlen, anderen scheint es wichtig zu sein, im Zentrum der Aufmerksamkeit zu stehen. Manche küssen sich kurz, andere lange, mit Zunge, ein wenig vulgär. Eine Frau dreht ihren Kopf weg, als ihr Mann die Lippen spitzt. Meine Augen wandern zur schwarzen Tafel: Für die nächsten sechzig Minuten sind drei Maschinen aus Deutschland angekündigt, eine davon mit einer Verspätung von zwei Stunden.

»Und wo sind jetzt die Flugzeuge?«

Ich fahre herum, wie konnte ich die Kleine vergessen? Fest umschließe ich ihre Hand, und wir folgen den Wegweisern zur Aussichtsterrasse. Obwohl der Flughafen kleiner als in meiner Erinnerung ist, verirren wir uns. Plötzlich stehen wir vor einem Gebetsraum, in dem sich eine Handvoll Leute zum Gottesdienst versammelt hat, und als wir uns umdrehen, ist da der Schalter für LOST OBJECTS. Ich ziehe die Kleine weiter.

»Nicht so schnell«, sagt sie.

»War das zu schnell?«

»Du bist heute doof.«

»Was findest du doof?«

Die Kleine schweigt.

»Sag schon«, sage ich, »was findest du doof?«

»Du hast mir die Hand gebrochen.«

Ich hocke mich hin und wickle einen imaginären Verband um ihren Unterarm. »Tut es noch weh?«

Eigentlich finde ich nicht, dass ich grob gewesen bin. Aber es ist besser, ich gebe der Kleinen Recht. Das ist ihr Tag, und wenn alles gut geht, ist es gleich auch meiner.

Auf der Terrasse weht ein gemeiner Wind, augenblicklich bin

ich durchgefroren. Trotzdem stülpe ich meine Mütze über die Kappe der Kleinen. »Damit siehst du wie ein Sultan aus.«

»Was ist ein Sultan?«

»Ein dicker Mann, der von früh bis spät isst«, sage ich, »naja, ein richtiger Sultan bist du nicht.«

Die Wolken hängen so tief, dass jede Landung überraschend kommt, und die startenden Maschinen werden sofort von der grauen Decke verschluckt. Die Kleine wird nicht müde zu rufen: »Jetzt!« Oder: »Anschnallen, bitte!«

Als alle Flugzeuge still stehen, beobachten wir den Bodenbetrieb. Busse kreuzen die Markierungen, Gabelstapler verladen Hunderte von Assietten. Die Kleine sagt, dass Flugzeuge früher vier Flügel besaßen und dass Piloten auch im Dunkeln nach Hause finden. Ich frage sie, wie das funktioniert. Ich bin in dieser Stadt immer noch nicht gern im Dunkeln unterwegs. Jedes Mal habe ich Angst, nicht mehr in die Villa zu finden. Auch wenn ich den Stadtplan mittlerweile in meinem Zimmer lasse, fühle ich mich nicht sicher. Bis zur nächsten Haltestelle sind es oft mehrere Straßen, und die Tage sind schon viel kürzer als bei meiner Ankunft. Es wäre besser, abends zu zweit unterwegs zu sein. Es wäre besser, immer zu zweit unterwegs zu sein.

»Du hast nicht zugehört!«

»Klar höre ich zu«, sage ich.

»Und wie finden sie nach Hause?«

»Sie haben Superaugen, stimmt's? Genau wie die Raketenwesen. Hast du eigentlich Hunger?«

Aus meinem Rucksack hole ich, was sich die Kleine in der

Markthalle ausgesucht hat, Micky-Maus-Schokolade, ein Marzipanschwein, eine Dose Litschis. Wenn ich mich nicht irre, sind ihre Arme seit dem Telefonat noch dünner geworden. Ein Flugzeug rollt auf der Landebahn aus, zwei Fluggasttreppen fahren mit aufgesperrten Mäulern darauf zu, und die Kleine sagt, dass sie keinen Hunger hat, nicht ein Fitzelchen von Hunger.

Im Kindergarten lerne ich Schuscha kennen, die Mutter der kleinen Anna. Sie schminkt sich ebenso stark wie die Mutter der großen Anna, abgesehen davon ähneln die beiden sich in nichts. Wie die Haushälterin gehört Schuscha der deutschen Minderheit an. Sie beherrscht jedoch neben dem Ungarischen ein fast akzentfreies Deutsch, nur ein dunkler Schimmer liegt auf den Vokalen. Ich mag ihre unverblümte Art, auch wenn sie immer wieder vergisst, was ich ihr erzähle. Zum dritten Mal will sie wissen, warum ich gerade hierher gekommen bin. »Eigentlich gehen unsere Leute doch zu euch.«

»Meine Tante kannte jemanden«, sage ich noch einmal, »und es war die richtige Entscheidung, die Stadt ist wunderschön.«

Lautlos setzt sich die Nässe auf die Fensterscheiben. Seit drei Tagen regnet es wieder. Diesmal sind es feine Tropfen, eher ein Nebel, der den Verkehr nicht lahmlegt, aber durch Schal und Kragen in den Nacken kriecht.

»Und Weihnachten besucht mich mein Freund«, sage ich, »ihm gefällt die Stadt bestimmt auch.«

»Lassen deine Gasteltern ihn in deinem Zimmer übernachten«, fragt Schuscha, »wie viel zahlen sie dir eigentlich?«

Neben uns sagt ein Aupair in rollendem Englisch, dass jedes Jahr dasselbe passiert: Die Stadtverwaltung verlautbart, dass mit diesen Wassermassen niemand rechnen konnte, und weigert sich, die Beisetzungskosten der Todesopfer wenigstens zum Teil zu übernehmen. Die anderen Aupairs und Mütter nicken, und ich will gerade die vierte U-Bahn-Linie ins Spiel bringen, an der seit fünfzehn Jahren gebaut wird, da flüstert Schuscha mir ins Ohr: »Es muss nur noch jemand sagen, dass wir in eine Diktatur schlittern. Jeder denkt, er weiß über unser Land Bescheid, dabei spricht niemand unsere Sprache. Nur dir gefällt es bei uns, gehen wir einen Kaffee trinken? Wie lange bleibt dein Freund? Lerne ich ihn kennen?«

Aber ich bin schon mit Lili und den anderen verabredet. Auf dem Weg zum Café mit den Hasen ärgere ich mich, dass ich wieder über meinen Freund geredet habe. Solange die Kleine nichts isst, steht sein Besuch nicht fest, zumindest Lili und den anderen gegenüber will ich ehrlich sein. Heute sage ich ihnen, was er am Telefon gefordert hat, und dann frage ich sie nach Essenstricks. Die Luft sticht im Hals, ich atme langsam ein und sehr schnell aus. Noch nie habe ich gesehen, dass Lilis Lieblingsgebäude lächelt. Aber wirklich, von Ferne bilden die Risse im Mauerwerk ein freundliches Gesicht. Davor hat eine Frau einen kleinen Gemüsestand aufgebaut und schält von den Kohlköpfen die welken Blätter, bis Kohlkopf um Kohlkopf wieder strahlt.

Ich muss die frischen Blätter zu lange betrachtet haben, denn ich komme eine Viertelstunde zu spät. Die anderen sitzen nahe beieinander. Marleens Augen schwimmen, Lili hält ihre Hand.

»Er hat sich getrennt«, sagt die Blonde.

»Hat eine Neue«, sagt Marleen.

»Tatsächlich«, frage ich, »mein Freund und ich telefonieren neuerdings jeden Tag.« Wir sprechen dann zwei Stunden und länger, sage ich, bis unsere Wangen vom Hörer heiß geworden sind, und gebucht hat er auch, den Hinflug für den vierundzwanzigsten Dezember, den Rückflug für den dritten Januar.

Lili sucht meinen Blick und schließt die Augen.

»Sonst noch was«, fragt Marleen.

»Naja«, sage ich, »Tabea isst nichts mehr, langsam mache ich mir Sorgen. Was würdet ihr tun, wenn eure Kinder nichts essen?«

»Du mit deiner Bilderbuchfamilie«, sagt die Blonde, »sei ganz ruhig.«

»Erzähl uns lieber«, sagt Doro, »was deine Gastmutter zu den Umständen sagt, unter denen das Werk errichtet wurde. Der Präsident hat für das Gelände ein Naturschutzgebiet auflösen lassen, wusstest du das?«

»Das glaube ich nicht.«

»Frag sie.«

Als Marleen zur Toilette geht, will Lili wissen, worüber mein Freund und ich jeden Tag reden. »Meiner will ständig skypen, und dann schweigen wir uns nur an.«

»Seine Dissertation und Tabea, da gibt es einiges zu erzählen.«

»Ihr müsstet seine Fragen hören«, sagt Lili, »wie lange Peter schläft und welchen Brei er isst, ich verstehe das nicht.«

»Er vermisst dich eben«, sage ich, »schauen wir nach Marleen?«

Marleen hat sich die Wimpern neu getuscht und grinst uns tapfer entgegen. Während Lilis Strahl in die Schüssel prasselt, frage ich: »Wer ist sie? Wo hat er sie kennengelernt? Es geht jetzt darum, alles über sie herauszufinden.«

»Ich will überhaupt nichts herausfinden«, sagt Marleen.

Im Spiegel entdecke ich den Jadestein um ihren Hals und lege meinen Finger auf seine Spiegelung. »Ist der neu?«

»Finger weg«, sagt sie, »das ist meiner.«

Ich kaufe Wurst mit Gesichtern, die Kleine isst nichts. Wir backen Käsekuchen, und sie siebt mit Begeisterung das Mehl, aber sie isst nichts. Jeden Abend erzähle ich ihr eine neue Geschichte vom schlanken, kranken Hanswurst, und sie isst nichts. Ihre Schlüsselbeine kommen zum Vorschein, ihre Beckenknochen treten hervor. Im Internet suche ich nach neuen Tricks. Immer wieder lande ich auf ungarischen Seiten. Ich verstehe mehr, als ich dachte, auch wenn es im Sprachkurs schleppend vorangeht. Die zwei verbliebenen Damen sind daran schuld und der blasse Herr, der laut Micki wegen seiner chronischen Krankheit hier lebt. In seiner Heimat kann er sich eine Intensivbetreuung nicht leisten. Micki flüstert mir ins Ohr: »I know this kind of people, I wrote an article about this issue. It's strange that he attends this class. This kind of people usually doesn't care about learning the language. Are you free this weekend? There is a great performance in the dance theater.«

Zum dritten Mal bitte ich meinen Freund um Geduld, denn ich muss zwei ganze Wochen warten, bis ich Thomas endlich allein erwische. Meike will ich in dieses Gespräch nicht hineinziehen, sie ist wie im Fieber. Die Arbeiten im Werk gehen schleppend voran. Schon wieder wurde die Eröffnung verschoben, auf Anfang März, und diesmal hat der bayerische Wirtschaftsminister sein Kommen zugesagt. Nun darf sich wirklich nichts mehr verzögern, und Zwischenfälle wie der in der vergangenen Woche dürfen sich nicht wiederholen: Ein Naturschützer oder Globalisierungsgegner oder einfach ein Verrückter hat sich an die Werkstore gekettet. Binnen Minuten wurde er von der Polizei entfernt, und die Verwandten haben sich an die internationale Presse gewendet: Noch auf dem Weg zur Wache hat sich seine Spur verloren.

»Wofür brauchst du die Adresse des Kinderarztes«, fragt Thomas, »ist die Kleine krank?«

»Sie muss eine Lebensmittelunverträglichkeit haben.«

»Meike und ich haben das besprochen«, sagt er, »und sind übereingekommen, dass sie ausreichend isst.«

»Sie ist dünn.«

»Ich bin auch dünn.«

»Du bist aber nicht mehr im Wachstum.«

»Zum Glück.«

»Und sie ist schwach«, sage ich, »schon der Weg zur Haltestelle bringt sie völlig außer Atem.«

»Wirklich? Das probieren wir am Wochenende aus.« Er schlägt vor, dass ich ihn morgen in den Schulclub begleite. Für den Percussion-Kurs gibt es erst eine Anmeldung, und wenn ich will, kann ich kostenlos daran teilnehmen.

»Besser nächste Woche«, sage ich, »diese Woche bin ich schon verplant.«

Anfang November schreibe ich an meine Tante. Ich schreibe von der Gastschwester meiner besten Freundin, der fünfjährigen Olivia, die seit Wochen nichts isst, und so unwahrscheinlich das klingt, sie bewältigt den Alltag, sie spielt, sie lacht, sie tobt, wenn auch von Woche zu Woche weniger. Hat meine Tante einen solchen Fall bereits erlebt, weiß sie ein Geheimrezept? Während ich auf Antwort warte, erkunde ich weiter die Stadt. Hinter dem Stadtwäldchen finde ich ein Viertel, das dem Rosenhügel ähnelt. Auch hier sind die Haltestellenhäuschen weder beschmiert noch verbeult, auch hier heulen nur selten Sirenen, und es gibt an jeder Ecke eine Apotheke, in manchen Vorgärten stehen noch Astern. Die Stadt besitzt mehr schöne Seiten, als es zunächst den Anschein hat, und wenn Meike nicht ständig schimpfen würde, hätte ich mich viel eher auf die Suche nach diesen Seiten begeben. Obwohl ich mit Lili und den anderen verabredet bin, fahre ich zurück zum Rosenhügel. Die meisten Abende verbringe ich in meinem Zimmer. Ich lese und lerne Vokabeln und bastle in langen Stunden einen Adventskalender für meinen Freund: Ich habe Paprika in vierundzwanzig Formen besorgt und verpacke sie in Buntpapier. Die Post benötigt Wochen bis nach Deutschland, ich kann von Glück sagen, wenn es das Päckchen bis zum ersten Dezember schafft.

Wieso hast du dich so lange nicht gemeldet, schreibt meine Tante, *deine Eltern machen sich Sorgen.* Die Zitate aus deutschen Zeitungen überfliege ich nur. Angeblich finden jede Woche Demonstrationen statt, und laut einer Statistik verschwinden nirgends so viele Menschen wie hier. Schuscha hat Recht: Auch wer nichts weiß, will eine Meinung haben, und aus irgendeinem Grund ist diese Meinung niemals eine gute. Die Tricks meiner Tante klingen jedoch brauchbar. Zwar schreibt sie zuerst, dass fast jedes Kind schlechte Essensphasen hat, dass Druck von außen die Ernährung meistens verschlechtert und dass meine beste Freundin alles, was sie unternimmt, mit ihren Gasteltern absprechen soll. *Das hast du ihr wahrscheinlich selbst schon gesagt. Thomas und Meike schwärmen übrigens von dir. Wie geht es den beiden? Auch von ihnen habe ich lange nichts gehört.* Dann folgen ihre Ratschläge: In Olivias Zimmer könnte meine beste Freundin Schüsseln mit Süßem verteilen, damit sie sich jederzeit und unbeobachtet bedienen kann, und sie könnte ihr, wenn es gar nicht besser wird, als Ansporn ein 15-Kilo-Fest versprechen, oder ein 13-Kilo-Fest, oder elf, oder zehn.

Plötzlich bin ich wieder zuversichtlich. Zwar habe ich am Telefon behauptet, die Kleine im Handumdrehen zum Essen zu bringen. Aber wahrscheinlich reicht es, wenn ich es bis Weihnachten schaffe, und bis dahin bleiben mir noch vierundvierzig Tage. Die Haushälterin gibt mir Recht: Während ich die E-Mail zum dritten Mal lese, bringt sie mir frische Blumen und einen Teller mit Krautwickeln. Ich bitte sie an meinen Schreibtisch und öffne den Ordner mit den Fotos aus Spanien. Am liebsten erinnere ich mich an den großen Balkon unserer winzigen Ferienwohnung, an die blauen Fensterläden und die langen Paellaessen. Ich sage, dass mein Freund und ich schon die nächste Reise planen: Damals sind wir in Südspanien gewesen, im Sommer wollen wir ins Baskenland, und Thailand holen wir demnächst nach. Es macht Spaß, sich das auszudenken, und es ist ungefährlicher, als über seinen Besuch zu sprechen, der nicht feststeht. Er steht nicht fest, ermahne ich mich, nichts steht fest.

Für den Abend verabrede ich mich wieder mit Lili und den anderen, ich schreibe: *Diesmal bin ich pünktlich, versprochen!* Auf dem Weg zur Haltestelle sehe ich, dass die Heckscheibe des roten Wagens zerschlagen und die Rückbank aufgeschlitzt wurde. Das rote Blumenmuster hat mir gefallen, wenigstens auf den Vordersitzen ist es noch zu erkennen.

Ich steige am Westbahnhof aus und schlendere durch das grelle Licht der Einkaufspassage. Leute löffeln Eis und Chinasuppen, eine Frau im Alter meiner Tante nickt mir zu: Sie sieht, dass ich alles richtig mache. Im Supermarkt lade ich Kekse, Pistazien und Bananenchips in meinen Wagen und suche dann nach Verpackungen, die nicht mit ungarischen Etiketten versehen sind. ZUCKER, lese ich, HERINGE. AKTIV FRUCHT SAFT. Mit den Fingern fahre ich über die deutschen Wörter, bis ich mich beim Trödeln ertappe und nach unten zur U-Bahn-Station hetze. Im Wagen sitzt mir ein alter Mann gegenüber, dessen faltiges Gesicht mich fasziniert. Noch mehr fesselt mich sein falsch geknöpfter Mantel. Ich kann meine Augen nicht von diesem Mantel lösen. Obwohl ich aussteigen müsste, sitze ich da und lasse den Blick von oben nach unten springen, von dem überflüssigen Knopf zu dem leeren Knopfloch und zurück. Erst als sich eine Frau zwischen uns schiebt, gelingt es mir, die U-Bahn zu verlassen. Ich bin vier Haltestellen zu weit gefahren und renne nach oben, überquere die Straße und steige in der Gegenrichtung ein. An der Musikakademie vorbei eile ich ins jüdische Viertel.

Ein paar Mädchen sitzen unter den Hasen und fotografieren sich in wechselnden Konstellationen, es sind nicht Lili und die anderen. Ich schaue auf mein Handy: nichts. Ich könnte die anderen anrufen oder sie suchen, ich könnte hier warten oder in die Villa zurückkehren, aber alles kommt mir seltsam vor. Langsam laufe ich los. Die Süßigkeiten in meiner Tasche erscheinen mir jetzt schwer wie ein Wocheneinkauf, und auf einmal bin ich im siebten Bezirk, am Ostbahnhof. Hier flimmern Casinos, Wechselstuben verkünden rot auf schwarz die aktuellen Kurse, Schaufensterpuppen tragen billige Klamotten. Dies soll der Vorhof zur Hölle sein, das habe ich von mehreren Seiten gehört. Immerhin hat die Keyboardspielerin in der Unterführung wunderschöne Augen. Sie lässt ihre Finger nur über die Tasten gleiten, die Musik kommt von der Festplatte des Geräts. Schräg vor ihr steht ein blinder Mann, der die Mütze für die Münzen hält. Weiß er, dass seine Freundin gar nicht Klavierspielen kann, und wenn nicht, schämt sie sich, ihn jeden Tag aufs Neue zu täuschen, und ist das da vorn an der Treppe nicht der Filzmantel der Blonden?

Ich renne los. »Hast du die anderen auch verpasst?«

Sie fährt herum. »Ach, du bist das! Die wollten ins Kino, da hätte ich zugeben müssen, dass ich schon wieder so gut wie pleite bin. Ich verstehe die sowieso nicht, angeblich ist Budapest super, und dieses Ding mit dem perfekten Team – ich meine, sich neue Namen zu geben, was soll das?«

»Wer hat sich neue Namen gegeben?«

»Dachtest du, Lili und Marleen heißen wirklich so?«

»Wie heißen sie?«

»Manu und Steffi, wusstest du das nicht?«

»Und wer heißt wie?«

»Gibst du mir einen Cocktail aus?«

Die Blonde steigt die Treppe nach oben, meine Füße wollen ihr nicht folgen. Wenn weder die Straßennamen noch die Namen der anderen stimmen, dann stimmt in dieser Stadt vielleicht noch mehr nicht. Vielleicht stimmt die Geschichte mit den Schweinefüßen nicht, vielleicht stimmt die Geschichte mit dem unvollendeten Nationaltheater nicht. Noch nie ist hier eine Bombe explodiert, und noch nie hat ein Taxifahrer einen Touristen ausgenommen. Ich sollte nur noch glauben, was ich mit eigenen Augen sehe oder mit eigenen Ohren höre, und der Haushälterin würde ich glauben, wenn ich sie nur verstehen würde.

Die Blonde steht schon auf der ersten Stufe. »Hast du keine Lust?«

»Ich komme.« Auf dem Treppenabsatz setzt sich ein Staubkorn in mein Auge, und meine Finger brauchen lange, um es herauszuwischen.

»Telefoniert ihr immer noch jeden Tag?«

»Ja«, sage ich.

»Und am vierundzwanzigsten landet er?«

»Genau«, sage ich.

»Und Heiligabend kommt ihr wirklich nicht mit?«

»Wohin kommen wir nicht mit?«

»Marleen hat im Restaurant am Stadtwäldchen reserviert, hat sie dich nicht gefragt? Bestimmt können sie dort noch zwei Stühle auftreiben.«

Ich trete auf einen toten Strahler, der früher eine Fassade zum Leuchten brachte. »Klingt gut«, sage ich, »aber ich will ihn vorher fragen.«

»Schick ihm am besten gleich eine Nachricht.«

»Er ist auf einer Konferenz.«

»Und da erreichst du ihn nicht?«

Wir setzen uns in eine Bar. Die Blonde bestellt sich Likör mit Limo, ich drehe mein Weinglas so schnell, dass ein Schluck auf die Theke springt. Sein Vortrag hätte nicht besser laufen können, sage ich, im Anschluss wurde er auf eine Konferenz nach Thailand eingeladen. Man könnte denken, dass die Soziologie in Asien in den Kinderschuhen steckt, das stimmt jedoch nicht. Vor allem in Bangkok lehren einige Koryphäen.

Als ich später auf den Bus warte, entdecke ich den ersten Weihnachtsengel. Ganz plötzlich taucht er auf, in einem vorbeifahrenden Auto, genauso plötzlich, wie die Kleine essen wird. Dann nimmt sie zu, und dann besucht mich mein Freund. Natürlich kommt er zu Besuch, er hat es versprochen, und dabei hat der Spiegel in der Villa das Licht der Lampen heller strahlen lassen, und wer weiß, vielleicht ist er heute wirklich auf einer Konferenz.

Seit kurzem verlangt die Kleine ihr Essen in mundgerechten Stücken. Das Brot will sie in kleinen Vierecken, selbst die Spaghetti müssen kurz wie Finger sein. Manchmal möchte sie sogar gefüttert werden, allerdings nicht von mir, und schneiden darf ich ihre Portionen auch nur an manchen Tagen. Erst hielt ich das für ein schlechtes Zeichen, mittlerweile glaube ich zu wissen, warum sie sich so verhält: Von mir bekommt sie, was sie braucht, doch von ihren Eltern wünscht sie sich mehr Aufmerksamkeit. Es kann nur eine Frage der Zeit sein, bis Thomas und Meike das auch verstehen.

Dem Löwenmesser, das sie am sechsten Dezember in ihrem Stiefel findet, erlaubt die Kleine, ihr Marmeladenbrot zu teilen, und mit der Löwengabel spießt sie zwei Happen auf und steckt sie sich in den Mund. Ich bekomme gute Laune, und auch das Wetter ist auf meiner Seite: Es ist einer dieser hellen Wintertage. Wie im Sommer strahlt die Sonne, und die Kälte beißt sich durch die Hosenbeine. Neben dem roten Wagen steht ein kleines Auto, das von zwei Männern beladen wird. Die Fracht auf seinem Dach ist schon so hoch wie das Auto selbst, aber die Männer tragen immer mehr Möbel herbei und zurren sie an unmöglichen Stellen fest. Selbst die tiefsten Pfützen sind über Nacht zugefroren, und das Eis hat braune Blätter eingeschlossen, eine Chipstüte, ein paar Kronkorken.

»Darf ich schlittern«, fragt die Kleine.

»Weißt du was? Ich schlittere mit.«

Wir schaffen einen halben Meter. Ich zeige auf die nächste Pfütze, sie ist mindestens drei Meter lang. »Nochmal?«

Begeistert nickt die Kleine. Wir nehmen Anlauf, landen fast am Ende und jubeln um die Wette. Noch im Bus hält die Kleine meine Hand. Wir rollen über den Fluss, auf dem Wasser liegen die ersten Eisschollen. Durchsichtig, wie sie sind, tragen sie höchstens die Möwen. Ein langes Schiff schiebt sie beiseite, auf den Containern sitzt ein ganzer Vogelschwarm.

»Schau mal«, sage ich, »das sind blinde Passagiere. Die nehmen das erstbeste Schiff und lassen sich überraschen, wo sie landen. Das würde ich auch gern machen. Wo würdest du am liebsten herauskommen?«

»Soll ich dir ein Geheimnis verraten?«

»Na los.« Ich muss darauf achten, ihre Hand nicht zu zerquetschen. Mein Herz schlägt bis in den Gaumen.

»Die Geschenke bringt nicht nur der Weihnachtsmann«, flüstert die Kleine, »manche Mamas und Papas helfen nämlich auch.« Aufmerksam schaut sie mich an. In ihrem spitzen Gesicht wirken ihre Augen von Woche zu Woche größer.

»Das stimmt«, sage ich, »der Weihnachtsmann schafft nicht alles allein, deshalb helfen ihm der Nikolaus und manchmal auch die Mamas und Papas. Und ein paar Geschenke werden per Express aus dem Schlaraffenland geliefert, Schokolade zum Beispiel oder Plätzchen. Hast du Appetit auf Schokolade oder Plätzchen?«

Die Kleine zieht ihre Hand weg und dreht ihre Haare zu einem Zopf. Im Kindergarten rennt sie ins Spielzimmer, ohne die Stiefel wegzuräumen.

»Sag mir wenigstens tschüs«, rufe ich ihr hinterher, und als sie nicht stehenbleibt, rufe ich: »Juli!«

Da fährt sie herum. »Du hast unseren Geheimnamen verraten!«

»Der ist mir rausgerutscht«, sage ich, »weil ich mir Sorgen mache. Wieso isst du nichts?«

»Du darfst nicht zu meinem Geburtstag kommen.«

»Schade«, sage ich, »du hast es mir eigentlich versprochen.«

»Ich lade lieber Ilja ein.«

Schon ist sie zwischen den anderen Kindern verschwunden. Erst jetzt fällt mir auf, dass die Erzieherin mit den Absatzschuhen in der Tür steht.

»Do you also get the impression her lisp is getting worse«, fragt sie.

»Maybe she's excited about Christmas.«

»Just like Anna«, sagt Schuscha, »das verstehe ich, seit einer Woche sind die Lichter ganz anders, und überall riecht es süß, findest du nicht? Nächste Woche gehen wir einen Glühwein trinken, und du erzählst mir, was Tabea zu Weihnachten bekommt. Wir wissen nie, wie viel Geld wir für Anna ausgeben sollen.«

Beim Sprachkurs finde ich unter dem Tisch einen zusammengeknüllten Einkaufszettel. TOMATOES, steht dort, OLIVES, ANCHOVY, mein Freund mag Anchovis. Micki hat sich den Bart abrasiert. Dieses ebenmäßige Gesicht, diese vollen Lippen habe ich nicht erwartet. Natürlich ist Micki viel zu knochig, aber auf seine Weise, das gebe ich zu, sieht er gut aus.

Nach dem Kurs essen wir wie immer im syrischen Imbiss. Weil ich nicht schon wieder von Thomas und Meike sprechen will, lasse ich Micki reden: Letzte Woche wurde ein linker Fernsehsender gestürmt, die Journalisten mussten durch die Notausgänge fliehen.

»There will be riots«, sagt er, »everyone in the editorial office has this feeling, do you feel it as well?«

»Kind of«, sage ich, »you really should join us on the weekend, I told my friends so much about you.«

Bald muss Micki zurück in die Redaktion, und ich fahre in die

Villa. Ich muss meinen Eltern antworten, eine alte Schulfreundin hat auch geschrieben, und ich muss Weihnachtsgeschenke bestellen. Schon im Flur höre ich Frauenstimmen. Ich erkenne Meikes Stimme, das ist ungewöhnlich für diese Tageszeit. Sowohl sie als auch Thomas sind kaum noch zu Hause. Fast täglich finden Weihnachtsfeiern statt, im Schulclub, in der deutschen, in der österreichischen Botschaft. Im Werk musste eine zusätzliche Schicht für die Feiertage eingestellt werden, und zwischendurch war Thomas auf Klassenfahrt, mit den Achtklässlern, ihm zufolge dem schlimmsten Jahrgang der Schule.

Vorsichtig schiebe ich mich Richtung Küche. Ich höre, dass die Haushälterin am letzten Gute-Seelen-Tag die Kleine ins Krippenspiel mitgenommen hat. Die Kleine hat sich bei der Gutenachtgeschichte verplappert.

»Sie wissen genau, dass Thomas auf diesen Kirchenkram allergisch reagiert«, höre ich Meike sagen, »machen Sie das bitte nicht wieder.«

»Warum bist du so streng«, frage ich und trete in das helle Zimmer, »es ist bald Weihnachten.«

Meike fährt herum. »Was schleichst du dich hier herein? Überhaupt, mit dir mache ich gleich weiter. Sind die Süßigkeiten im Kinderzimmer von dir?«

Ich suche den Blick der Haushälterin, aber sie rührt schon wieder in irgendeinem Topf. Meikes Worte scheinen sie nicht weiter zu kümmern, und ich nehme mir ein Stück von ihrer Sicherheit, um mit fester Stimme zu sagen: »Es ist die Nikolausschokolade aus dem Kindergarten.«

»Meinetwegen«, sagt Meike, »aber musst du alles auf einmal hinstellen?«

»Vielleicht nimmt sie dann ein bisschen zu.«

»Hör mal, wir sind wirklich zufrieden mit dir. Aber die Kleine isst gut, es gibt kein Problem. Außerdem wäre es besser, wenn du ihr nicht jede Woche neues Spielzeug kaufen würdest, sie hat nämlich mehr als genug. Begleitest du mich bei Gelegenheit ins Werk? Du könntest dir unseren Imagefilm anschauen, wir brauchen Feedback von Außenstehenden. Und der Hallenleiter zeigt dir die Produktionsstrecke, die ist wirklich beeindruckend.«

»Lieber im neuen Jahr«, sage ich, »in den nächsten zwei Wochen habe ich noch einiges zu tun.«

Bereits von weitem sehe ich die anderen am Club: Lili, Marleen, Doro und die Blonde stehen am Eingang, Micki wartet etwas abseits. Ich summe »Stille Nacht, heilige Nacht«, ein Geigenspieler hat mir die Melodie mitgegeben. Schon übermorgen ist diese heilige Nacht. Mir bleibt kaum noch Zeit, um die Kleine zum Essen zu bringen, und wahrscheinlich sollte ich den anderen heute sagen, dass mein Freund nicht kommt. Heute sage ich ihnen, dass die Kleine lispelt und überhaupt nichts isst und dass meine Gastfamilie ganz und gar nicht dem Bilderbuch entspricht, und dann höre ich mir an, was sie davon halten.

Ich winke Micki heran. Lili und Marleen begrüßen ihn mit Küsschen, auch die Blonde ist redselig. Über Doros stockendes Englisch bin ich erstaunt. Sie erzählt, dass am Vormittag wieder eine Demonstration gegen den EU-Austritt stattfand, diesmal unter der Aufsicht von noch mehr Polizisten als sonst. Während sie redet, sehen die anderen mich an, und da merke ich, dass ich immer noch das Weihnachtslied summe. Von Anfang an, sagt Doro, wurden Demonstranten aus der Menge gezogen, zwischendurch schalteten sich die blauen Frontlichter der Wasserwerfer ein. Es dauert unendlich lange, bis sie das Wort umschrieben hat.

»Water cannon«, ruft Micki endlich.

»Were you there«, frage ich, »was it really that intense?«

»Hard to believe that you are also into protests«, sagt die Blonde, »what are they good for anyway?«

»I'll explain that later«, sagt Micki und wendet sich an mich: »How is Tabea, does she eat?«

»Less and less«, sage ich.

Lili fragt: »Tabea doesn't eat?«

»You never told us«, ruft die Blonde.

»She tells us nonsense all the time«, sagt Marleen, »and she loves to be late in order to do that. I'm really curious to meet this guy, who seems to like things like that.«

»But it's true«, fange ich an. Vielleicht fällt es mir auf Englisch sogar leichter zu sagen, dass die Kleine nichts isst und ihre Eltern sich nicht darum kümmern und dass mein Freund wahrscheinlich erst im neuen Jahr zu Besuch kommen wird. Aber Marleen fällt mir ins Wort: »Wie lange stehen wir hier noch herum?«

Die Türsteher grüßen uns auf Ungarisch. Ich erwidere ihren Gruß, dann werde ich von der Musik verschluckt. Der Club zieht sich über mehrere Etagen. Im Vorbeigehen sehe ich zerrissene Frotteesofas und eine halbe Badewanne, irgendwo hängt ein

Schaukelpferd mit verbundenen Augen. Wir stopfen unsere Jacken unter eine Reihe Kinosessel, an einer Bar bestellt Lili eine Runde. Ich weiß nicht, ob der Cocktail wirklich rot ist oder von der Beleuchtung rot eingefärbt wird. Nachdem wir ausgetrunken haben, ziehen Lili und Marleen weiter, auch Doro trottet davon.

»Tell me«, schreit Micki mir ins Ohr, »when's your boyfriend coming exactly?«

»We'll meet him«, schreit die Blonde, »that's so exciting! You should go ice skating, that'll be fun! Is he really allowed to stay at your place?«

»What are you up to«, schreit Micki, »do you want the three of us to do something together?"

»We'll see«, schreie ich, »perhaps he doesn't come.«

»Why shouldn't he come? Did you have a fight?«

»It's difficult to explain«, schreie ich.

»I can't stand difficulties«, schreit die Blonde und legt ihre Hand auf Mickis Arm, »you're interested in politics, aren't you? Maybe we can hook you up with Doro.«

»Bist du bescheuert«, schreie ich.

»I'll be right back.« Micki taucht in der Menge unter.

Die Musik wird für einen Augenblick leiser, dann um mehrere Pulsschläge lauter. Ohne dass ich viel dafür tun muss, werde ich von der Blonden weggetrieben. Im nächsten Raum blitzt es, ich zucke zurück. Ein paar Sekunden sehe ich nur weiß, dann schält sich aus der Helligkeit ein Pärchen, das sich mit ausgestrecktem Arm fotografiert hat. Das Mädchen trägt zwei Zöpfe wie die Kleine. Wie bei der Kleinen sitzt auf jedem Zopfhalter eine Hello Kitty, aber diese Hello Kitties lächeln nicht. Daneben taucht Doro wieder auf.

»Ich kann nicht mehr«, schreit sie.

»Ich auch nicht«, schreie ich zurück.

»Diese ganzen Demos, meinst du, die ändern irgendwas? Gestern beim Plenum wurde mir gesagt, statt mich hier aufzuspielen, soll ich lieber etwas gegen unseren Exportüberschuss tun.«

»Ich muss dir auch etwas sagen.« Ich trete näher an Doro heran. »Was würdest du davon halten, wenn mein Freund mich nicht besuchen kommt?«

»Er hat doch längst gebucht«, schreit Doro, »er kommt garantiert! Weißt du schon, was ihr unternehmt?«

Bevor ich antworten kann, habe ich Doro im Gewühl verloren. Auch Micki finde ich nicht mehr. Bald verabschiedet sich die Blonde. Ich möchte sie eigentlich nicht umarmen, doch sie drückt mich an sich und lässt mich gar nicht wieder los, als würden wir uns zum letzten Mal sehen. Minutenlang stehe ich vor den Waschbecken in der Frauentoilette und schaue in einen Spiegel, der an den Rändern blind geworden ist. Ich schiebe meinen Pony nach rechts, in die Mitte, zurück nach links. In der Beleuchtung sehe ich krank aus, aber ich bin nicht krank, und dieser Club ist verrückt, aber wunderbar. Gleich in der ersten Kabine übergibt sich jemand oder hat Sex. Ich glaube an die Liebe und halte es für Sex.

Ich gebe es auf, nach den Kinosesseln mit unseren Jacken zu suchen, und beobachte lieber das perfekte Team. Lili und Marleen tanzen mit zwei Typen, besser gesagt bewegen sie ihre Oberkörper, denn zum Tanzen ist es viel zu eng. Marleens Wimperntusche ist verschmiert, Lili wirkt frisch und hübsch wie immer. Ohne die beiden aus den Augen zu lassen, bestelle ich auf Englisch eine Cola. Das Rückgeld ist warm in meinen Fingern. Als ich ausgetrunken habe, bestelle ich noch eine, später eine dritte. Im wechselnden Licht, weiß, rot, grün, rot, weiß, sehe ich, dass Marleen schon vom nächsten Typen angetanzt wird. Sie dreht sich weg, er folgt ihr. Sie tanzt weiter, er lässt nicht von ihr ab. Sie schreit Lili etwas ins Ohr. Die beiden kommen auf mich zu.

»Kleine Pause?«

»Du bist noch da?«

»Klar.«

»Und die anderen?«

»Sind weg.«

»Wir gehen auch.«

»Das perfekte Team macht schlapp?«

»Es ist drei.« Ein Spuckespritzer von Marleen landet auf meiner Oberlippe. »Und hier sind nur noch Besoffene.«

»Das war nur einer«, schreie ich, »ich will tanzen!«

Mit der linken Hand fasse ich Lili, mit der rechten Marleen. Rückwärts bewege ich mich Richtung Tanzfläche und lasse mich nicht davon stören, dass meine Schuhsohlen am Boden festkleben.

»Außerdem muss ich euch etwas sagen«, schreie ich. Diesmal will ich dabei bleiben, dass die Kleine nichts isst und mein Freund seinen Besuch wahrscheinlich verschiebt. Lili und Marleen dürfen das jedoch nicht falsch verstehen: Es ist nicht so, dass ich bisher geflunkert hätte. Mir ist vielmehr erst jetzt das Ausmaß der Probleme klargeworden, die auf meiner Gastfamilie lasten, und dass mein Freund nicht kommt, hat sich ganz kurzfristig ergeben. Natürlich gibt es ihn. Es gibt ihn, sonst hätte ich nicht das Foto dabei, nicht den Kapuzenpullover und nicht diesen Roman. Auch wenn vor meiner Abreise zwischen uns nicht alles in Ordnung war, gibt es ihn, schließlich haben wir vier Wochen nach meiner Ankunft telefoniert. Seitdem habe ich zwar nichts mehr von ihm gehört, aber von diesem Telefonat wissen auch Lili und Marleen. Es war ein schönes, vielleicht unser bestes Telefonat, und dass wir vier Wochen nach meiner Ankunft telefoniert haben, kann nichts anderes heißen, als dass vor meiner Abreise doch alles in Ordnung war, und wenn vor meiner Abreise alles in Ordnung war, kommt er übermorgen, und das haben Micki und Doro ja auch bestätigt, und deshalb kann ich jetzt sagen, deshalb sage ich jetzt –

Lili und Marleen reißen ihre Arme weg und drängeln von der Tanzfläche. In kürzester Zeit haben sie die Kinosessel mit unseren Jacken gefunden. Lili schlüpft in ihre Jacke und gibt Marleen ihren Mantel.

»Wo ist mein Mantel«, schreie ich.

Lili schaut unter der nächsten Couch, unter einem Tisch. Sie zuckt mit den Schultern, ein Lächeln zieht meinen Mund breit.

»Ist euch so etwas schon passiert?«

»Findest du das etwa lustig?«

»Ist es nicht lustig?«

»Wie willst du nach Hause kommen?«

»Ich nehme mir einen anderen.«

»Kommt nicht in Frage!«

Die beiden wühlen in Jackenbergen. Lili bittet Leute aufzustehen, Marleen fragt an der Bar.

»Such schon mit«, schreit sie mich an.

Ich kann nicht suchen, weil ich lache. Ich lache so sehr, dass ich mich an der Wand festhalten muss und drei Anläufe brauche, um herauszubringen: »Wieso lacht ihr nicht?«

»Draußen sind null Grad«, schreit Lili, »wie viel hast du getrunken?«

»Drei oder vier Cola.«

»Mit Wodka oder mit Rum?«

Die beiden bahnen sich einen Weg zum Ausgang, ich bleibe an ihren Fersen. Freundlich verabschieden sich die Türsteher von uns, ich lache ihnen ebenso freundlich ins Gesicht.

Auf der Straße verschwindet mein Lachen. Überall tanzen Menschen, und alle tragen sie dicke Jacken und bunte Schals. Nur mir beißt die Kälte in den Hals. Autos hupen, nicht weit von uns heult eine Sirene. In einem Hauseingang sitzt jemand weit vornübergebeugt, als hätte er sich erbrochen und wäre darüber eingeschlafen. Lili hebt den Arm nach einem Taxi.

»Gehen wir nicht zum Nachtbus«, frage ich.

»Willst du eine Lungenentzündung kriegen?«

»Aber ihr nehmt den Nachtbus«, frage ich.

»Hast du genug Geld dabei?«

»Wir sind doch das perfekte Team«, sage ich, »wir müssen alles zusammen machen. Außerdem will ich euch schon den ganzen Abend etwas sagen. Meinen Freund gibt es nämlich, und wir trennen uns niemals.«

Lili schiebt mich in den gelben Wagen, der vor uns zum Stehen gekommen ist, und ich sehe sie und Marleen zwischen den anderen verschwinden. Die getönte Scheibe macht die Lichter dunkler, als sie sind. Der Taxifahrer mault etwas auf Ungarisch, ich nenne meine Adresse. Im Taxi wird es still. Nur gelegentlich klickt der Blinker, und manchmal zieht der Fahrer Rotz hoch. Als wir den Fluss überqueren, setzt heftiger Regen ein. Die Tropfen prasseln aufs Dach, vom Rosenhügel laufen uns breite Bäche entgegen, und einen Moment lang denke ich, dass es nicht das Schlechteste wäre, mitsamt dem Taxi durch einen offenen Kanaldeckel zu rutschen und für immer im Untergrund zu verschwinden.

Als ich aufwache, steht die gelbe Wintersonne am Himmel, und mein Hals tut weh. Meine Lippen sind weiß, sehe ich im Bad, die Ringe unter meinen Augen beinahe schwarz. Erst unter der Dusche fällt mir der verschwundene Mantel wieder ein, und mir fällt ein, wie wütend Lili und Marleen waren, weil ich nicht aufhören konnte zu lachen.

Tut mir leid, schreibe ich an die beiden, ich schreibe es auch an Doro und die Blonde. Nur die Blonde reagiert: *Was ist passiert, sollen wir telefonieren?*

Ich habe jedoch keine Zeit zu telefonieren, ich muss mich um die Kleine kümmern. In zweiundzwanzig Stunden sitzt sie im Flugzeug nach Deutschland. Auf müden Füßen tappe ich in die erste Etage. Die Kleine und Thomas liegen auf dem Teppich und schauen stumm zur Decke.

»Was macht ihr da?«

»Wir fliegen zum Mond«, sagt Thomas.

»In einer sehr engen Kapsel«, sagt die Kleine.

»Ich könnte das Essen aufwärmen«, sage ich.

»Du hast frei«, ruft Meike aus dem Arbeitszimmer.

Es macht mir nichts aus, an meinem freien Tag zu kochen, und die Haushälterin ist schon im Urlaub. Sie ist zu ihrer Familie gefahren, die beiden Enkel aus Deutschland kommen. Hoffentlich bringen sie von ihren Universitäten gute Prüfungsergebnisse mit.

Ich schiebe das vorgegarte Fleisch in den Ofen, koche Kartoffeln, brate Möhren. Von Kartoffeln und Möhren nehme ich Kinderportionen ab und schneide sie in kleine, mittlere, große Stücke. Ich lege ein orange-gelbes Bild, ein Flugzeug, die Sonne, als Erdboden die Hähnchenkeule. Das ist wahrscheinlich übertrieben, aber es wäre falsch, die Sache in den letzten Stunden verloren zu geben.

»München findet das Weihnachtsgeld zu hoch«, sagt Meike beim Essen.

»Wie viel zahlen sie dort«, fragt Thomas.

»Denkst du, dass das eine Rolle spielt?«

Die Kleine berührt eine gelbe Tragfläche. »Was soll das sein?«

Erst jetzt schauen Thomas und Meike auf.

»Du kannst dir überlegen, was du zuerst isst«, sage ich, »das Flugzeug, die Wolken oder die Vögel.«

»Das ist kalt.«

»Das Fleisch ist warm«, sage ich.

Lautlos rutscht die Kleine von ihrem Stuhl und hockt sich unter den Tisch.

»Willst du nicht einmal kosten?«

Mit meinen Füßen taste ich nach ihr, kann sie aber nicht finden. Still sitzt sie unter dem Tisch, auch Thomas und Meike sind verstummt. Sie kauen und schlucken, und erst als unsere Teller geleert sind, sagt Meike, und die Narbe unter ihrem Kehlkopf färbt sich dunkelrot: »Auch wenn du schon frei hast, kannst du vielleicht noch ein paar Minuten unten bleiben? Wir müssen mit dir sprechen.«

»Es hätte gestern nicht so spät werden dürfen«, sage ich.

»Darum geht es nicht.«

Wortlos räumen Meike und ich die Küche auf, Thomas singt die Kleine in den Mittagsschlaf. Dann sitzen wir im Wohnzimmer, Thomas schenkt Tee ein. Ich schiebe die Hände unter meine Oberschenkel und suche nach der passenden Frage. Ich könnte Thomas und Meike fragen, ob sie Heiligabend immer dasselbe kochen oder jedes Jahr ein neues Gericht probieren, oder gehen sie essen, zum Asiaten, zum Griechen, gutbürgerlich?

Ehe ich etwas sagen kann, beginnt Meike: »Zuerst müssen wir uns entschuldigen. Wir hätten von Anfang an monatlich ein Gespräch führen sollen. Das steht in jedem Ratgeber, und wir haben immer nur zwischen Tür und Angel gesprochen. Es ist so viel zu tun, es ist eine ganz schreckliche Zeit. Wenn wir regelmäßig geredet hätten, wäre es wahrscheinlich nicht so weit gekommen. Wir machen uns große Sorgen, deshalb sitzen wir hier.«

Endlich, denke ich, endlich. Endlich haben Thomas und Meike ihren Fehler eingesehen, und nun holen wir die Kleine aus der Mittagsruhe. Wir setzen sie an den gedeckten Tisch, wir denken uns ein Spiel aus, und dann isst sie, und über die Feiertage isst sie mehr, und wenn sie am fünften Januar mit ihren Eltern zurückkommt, wiegt sie dreizehn Kilo. Ihr Gesicht ist voll, ihre Knochen staken nicht mehr aus der Haut, und mein Freund ist hier gewesen, oder er ist auf dem Weg hierher.

»Ich bin froh, dass du das sagst«, sage ich, »ich finde nämlich auch, dass es so nicht weitergehen kann.«

»Es ist nicht schwer zu merken, dass die Kleine sich verändert hat.«

»Zuerst sollten wir einen zweiten Kinderarzt konsultieren. Sie muss Unverträglichkeiten haben, anders ist es nicht zu erklären, dass sie nichts mehr isst.«

»Fängst du schon wieder an?« Meike wird laut, aus der ersten Etage kommt augenblicklich ein Weinen. Thomas und Meike schauen sich an, und es dauert zu lange, bis Thomas sagt: »Ich gehe.«

»Wir sitzen hier nicht«, sagt Meike, »weil die Kleine schlecht isst, sondern weil du dir einbildest, dass sie schlecht isst. Oder sagen wir: Seit kurzem ist es mit ihrer Ernährung wirklich schwierig geworden. Wenn mir ständig jemand Schokolade anbieten würde, würde ich wahrscheinlich genauso reagieren. Obwohl wir dich mehrmals gebeten haben, damit aufzuhören, kommst du mit Kinderkochkursen an, stellst Schüsseln in ihr Zimmer und backst Plätzchen.«

»Die Plätzchen waren für den Kindergarten!«

»Und dass du ihre Haare nicht mehr kämmen und ihr keine Gutenachtgeschichten mehr erzählen darfst, das wundert dich nicht? Neulich hat sie mich gefragt, ob es stimmt, dass jede Minute sieben Kinder verhungern. Hat sie das von dir?«

Wenn jetzt die Haushälterin käme und frische Blumen bringen würde, einen Mohnzopf, Strudel, Schokoladenkuchen, dann wüsste ich etwas zu erwidern. Die Haushälterin würde mir helfen, Meike etwas entgegenzusetzen.

»Am Anfang hat alles so gut funktioniert. Wir kennen niemanden, der sich so tolle Geschichten ausdenken kann, und außer der Haushälterin hat die Kleine bisher niemanden auch nur in die Nähe ihrer Flugzeugalben gelassen. Aber wenn du mit dieser Essenssache nicht aufhörst, müssen wir uns ein neues Aupair suchen, so leid uns das tut. Wir sind uns sowieso nicht mehr sicher, ob es dir hier gefällt. Wieso triffst du dich nicht mehr mit deinen Freundinnen, und was ist aus deinem Sprachkurs geworden?«

»Vielleicht«, fragt Thomas vom Türrahmen aus, »kommst du im Januar mit zum Percussion-Unterricht?«

»Hör endlich mit deinem Percussion-Unterricht auf!« Meike schlägt mit der flachen Hand auf den Tisch und fährt mit ruhiger Stimme fort: »Und noch etwas, ihr Lispeln ist stärker geworden, kann das sein? Jedenfalls schlagen wir vor, dass wir nach Weihnachten neu anfangen. Kein Wort mehr vom Essen, und alle zwei Wochen besprechen wir uns.« Meike schaut auf die Uhr. »Ich muss los!«

Ihre Absätze schlagen so laut auf das Holz der Treppe, dass es mich nicht wundern würde, wenn die Kleine wieder aufwacht. Ich schaue in den Garten. Der Regen der letzten Nacht hat die Weihnachtssterne am Rhododendron in weiße Fetzen verwandelt. Ich wollte die Tannenzweige im Wohnzimmer schmücken, aber die Kleine hat nicht auf mich gehört.

»Was hat sie heute vor«, frage ich, »noch ein Naturschutzgebiet zerstören?«

»Sei nicht ungerecht«, sagt Thomas, »außerdem hat diese Geschichte ein Mitbewerber in die Welt gesetzt, das ist nichts als ein Gerücht. Und morgen kommt dein Freund?«

»Es sieht so aus, als würde es später, vielleicht im März. Er hat einfach zu viel zu tun.«

»Hat Meike schon gesagt, dass wir am dritten März eine Party geben? Die Eröffnung wird eine ziemlich steife Angelegenheit, und wir wollen richtig feiern. Dein Freund ist selbstverständlich eingeladen.«

»Schade«, sage ich, »er kommt am vierten.«

Thomas gießt noch einen Schluck Tee in seine volle Tasse. »Ich habe auch versucht zu promovieren«, sagt er, »allerdings habe ich ziemlich schnell festgestellt, das ist nichts für mich.«

»Er würde niemals aufgeben«, sage ich, und nachdem die Tür ins Schloss gefallen ist, frage ich: »Siehst du die Sache mit dem Essen eigentlich genauso?«

Thomas schaut mir nicht in die Augen, als er nickt, und da weiß ich, es besteht Hoffnung. Noch ist nichts verloren.

Am nächsten Morgen ist die Villa ruhig wie nie. Zwölf Tage habe ich die drei Etagen für mich, ich könnte Partys veranstalten. Zuerst aber nehme ich mein Handy hervor. Ob es im Restaurant am Stadtwäldchen noch einen Stuhl für mich gibt? Dreimal schreibe ich eine Nachricht an Lili, dreimal lösche ich sie wieder. Ich blättere in dem Roman, ich schlage mein Vokabelheft auf. *Virág. Szerető*. Diese Wörter werden in meiner Erinnerung haften, genau wie das Lachen der Frau, die am Flughafen ihren Freund erwartete. Das war vor vier Monaten, an meinem ersten Tag in der Fremde. Damals hatte ich Angst, mittlerweile habe ich alle Angst abgelegt, und wer seine Angst abgelegt hat, den stört es nicht, den heiligen Abend allein zu verbringen.

Im Tiefkühlschrank finde ich mein Essen für die Feiertage, die Haushälterin hat kleine Portionen eingefroren. Ich wärme mir eine Brokkolisuppe auf, und während sich die Plastikschale in der Mikrowelle dreht, suche ich nach Zitronen gegen mein Halsweh. Ich öffne Schubladen und Schränke und finde die Fotos der Haushälterin, drei Fläschchen Weihwasser und einen Rosenkranz. Auch als die Mikrowelle geklingelt hat, wühle ich weiter. Vielleicht stoße ich auf einen Hinweis, auf irgendetwas, was ich bisher übersehen habe. In meine Hände gerät nur der Walkman, ein Stapel Kassetten, eine fadenscheinige Broschüre mit dem Titel UEBUNG ZU DEN GOETTLICHEN TUGENDEN, GLAUBE, HOFFNUNG, LIEBE UND ZWEI WUNDERSCHOENE GEBETE und noch mehr Fotos. Ich sehe die Kleine auf dem Spielplatz, im Zoo, im Puppentheater. Damals hat sie noch Pausbacken und speckige Beine. Ein Foto wurde doppelt belichtet, sodass die Kleine zweimal nebeneinander zu sehen ist, und im Hintergrund sind gleichzeitig die Schemen eines Karussells und eines Tiergeheges zu erkennen.

Ich esse, ich schaue durch die Glasfront in den Garten, ich esse schon wieder. Um siebzehn Uhr packe ich Gutscheine für die nächste Wechselausstellung in der Kunsthalle aus, das Bild von der Kleinen habe ich schon gesehen. MEIN AUPAIR MACHT MIR VIELE GESCHENKE hat jemand auf die Rückseite geschrieben. Statt grauen habe ich blaue Augen, meine Beine sind nicht viel länger als meine Füße. Meine Eltern haben mir, als gäbe es hier keine Süßigkeiten, kiloweise Schokolade geschickt, von meiner Tante liegt ein Buch über den hiesigen Jugendstil bei. Ich wähle die Nummer meiner Eltern. Wie immer verbringen sie den vierundzwanzigsten mit meiner Tante, die den Hörer abnimmt und ruft: »Bist du nicht unterwegs? Dein erstes Weihnachtsfest ohne Familie musst du richtig feiern!«

»Gleich geht es los, wir treffen uns um sechs.«

Meine Eltern wollen schon wieder wissen, warum ich an meinen freien Tagen nicht nach Deutschland geflogen bin. Bis zuletzt haben sie mit mir gerechnet. »Wenn wir das gewusst hätten, wären wir zu dir gekommen.«

»Lasst sie doch«, ruft meine Tante.

»Die Flüge wären sowieso zu teuer gewesen«, sage ich.

»Und heute bist du ganz allein?«

Noch einmal erzähle ich vom Restaurant am Stadtwäldchen.

»Aber Silvester bist du allein.«

Ich nenne den Namen eines Clubs.

»Ist das nicht gefährlich?«

»Meine Freundinnen sind dabei.«

Da verstehen meine Eltern, dass ich mir hier ein Leben aufbaue, und in ihr Bedauern mischt sich ein wenig Freude.

In der Nacht weckt mich eine Nachricht. Eine Kommilitonin

wünscht mir frohe Weihnachten, ich antworte sofort und sehr knapp. Bis zum Morgen schlafe ich nicht wieder ein. Seit dem Gespräch mit Thomas und Meike bastle ich im Kopf an einer E-Mail. Während ich sie in den Laptop tippe, graut draußen der erste Feiertag. Immer wieder verschiebe ich Sätze und Wörter, lösche Passagen, formuliere um. Dabei sollte ich die E-Mail schnellstmöglich verschicken. Mit jeder Minute wächst seine Sorge um die Kleine und um uns. Ja, ich hätte sie zum Essen bringen müssen, er soll jedoch wissen – so schreibe ich –, ich habe wirklich alles, alles, alles getan. Mit meiner Liebe zu ihm hat mein Misserfolg nichts zu tun, glaubt er mir das? Meine Gastmutter und ich – so schreibe ich – ziehen nicht an einem Strang, das hat die Sache verkompliziert. Dass ich das nicht vorausgesehen habe, ist mein einziger Fehler: Wer Naturschutzgebiete zerstört, der lässt auch sein Kind hungern. Das kann er mir vorwerfen, und er kann mir vorwerfen, dass ich sein Weihnachtsgeschenk nicht auf den Weg gebracht habe. Nun hat er – so schreibe ich – den gestrigen Abend wahrscheinlich nicht nur allein, sondern auch noch ohne Geschenke verbracht, oder hat er etwa mit dieser Carolin gefeiert? Ich kenne sie aus seinen Erzählungen, im Gegensatz zu ihm habe ich sie durchschaut: Sie tut niedlich, hat jedoch ein niederträchtiges Wesen.

Am Silvestermorgen sind meine Halsschmerzen verschwunden, und die Stadt hat sich in ein Wintermärchen verwandelt. Der Schnee hat die Straßen, die Terrasse und den Sandkasten verschluckt.

Bevor es ganz dunkel ist, verlasse ich die Villa. Unter meinen Stiefeln knirscht der Schnee. Hinter dem roten Wagen versucht ein Fahrer, sein Auto zu befreien. Die Hinterreifen drehen durch, Schnee spritzt an meine Hose. Bestimmt eilt aus den umliegenden Häusern gleich jemand zu Hilfe.

Ich steige die Stufen zum Aussichtspunkt hinauf und sehe den Lichtern beim Aufscheinen zu. Die Stadt wirkt heller als sonst um diese Zeit, der Fluss in ihrer Mitte ist ein weißes Band. In Hamburg wären bereits erste Böller zu hören, hier ist es still. Ich überlege, wo Lili und die anderen feiern. Vielleicht sind sie in dem Club von neulich oder in dieser Bar, zu der man nur mit einem Lastenaufzug gelangt. Ich könnte sie anrufen, aber ich wüsste nicht, was ich sagen soll, wenn sie sich nach meinem Freund erkundigen.

Ein Knall schreckt mich auf, mein Körper ist steif vor Kälte. Ich stehe so schnell auf, dass mir einen Moment weiß vor Augen ist. Den Weg zu den Stufen finde ich blind, ich bin ihn oft gegangen. Im Schein der Laternen schließe ich die Villa auf. Ohne ein einziges Licht anzuschalten, steige ich unters Dach und klammere mich an den Schlaf.

Bis zehn Uhr bleibe ich am ersten Januar im Bett, beim Frühstück lese ich weiter im Roman. Den zweiten Teil habe ich fast hinter mir, es ist immer noch mühsam. Aber langsam bin ich sicher, dass ich es schaffen kann. Ich lese und esse, ich habe den Tisch reichlich gedeckt, und jedes Mal, wenn ich nach etwas greife, nach dem Honig oder der Marmelade, fällt mein Blick auf mein Handy. Ich öffne einen Joghurt. *Frohes Neues*, tippe ich und drücke auf SENDEN. Die Empfangsbestätigung geht umgehend ein.

Dann werde ich mutiger. Ich schreibe: *Alles okay?*

Als keine Antwort kommt: *Hast du meine Mail bekommen?*

Und: *Wolltest du im neuen Jahr nicht anrufen?*

Und dann: *Schreib mal was!*

Testweise schicke ich mir selbst eine Nachricht. Mein Handy vibriert in dem Moment, in dem ich sie versende. Obwohl ich satt bin, schneide ich das nächste Brötchen auf. Eine Taube pickt nach den weißen Fetzen im Rhododendron und merkt nicht, dass es sich nur um Papier mit Filzstiftspuren handelt. Gerade als ich aufstehen will, um das Telefon zu holen, vibriert mein Handy aufs Neue.

Wann kapierst du, lese ich, *dass es so nicht läuft? Wenn du mich derart belagerst, können wir keine Freundschaft führen. Hör auf mit diesen Nachrichten. Schick keine Mails mehr. Lass mich in Ruhe. Es reicht.*

3

Im Gesicht der Haushälterin sehe ich das Staunen: Die Villa blitzt wie nie. Ich habe gesaugt und gewischt, ich habe den Kühlschrank abgetaut und die Fenster geputzt, ich habe den großen Spiegel und sogar die hässlichen Vasen poliert. Seitdem glitzert von überall her das Licht, und ich fahre mit den Fingern über die glatten Flächen und genieße das Glitzern. Schon vor meiner Abreise war mein Freund der Meinung, wir sind nicht mehr zusammen. Aber wir sind zusammen, das ist so klar wie das Fensterglas, das ist so sicher wie das neue Jahr, und auch seine Nachricht ändert daran nichts.

Die Haushälterin stellt ihre Taschen in die Küche und trägt aus dem Keller den Staubsauger herauf. Bis in mein Zimmer höre ich sein Rauschen, höre ich das Klirren von Geschirr und das Quietschen, mit dem der Wischer über die Fensterscheiben fährt. Am Abend bittet sie mich zum Essen in die Küche. Ich schiebe mein Geschenk über den Tisch, zwei Musikkassetten mit dem Weihnachtsoratorium, ich habe sie in einem Antiquariat im fünften Bezirk gefunden. Die Haushälterin schüttelt den Kopf.

»Kellemes ünnepeket«, sage ich. Mehrmals habe ich in meinem Wörterbuch *Frohe Weihnachten* nachgeschlagen und bin mir doch nicht sicher, ob ich mir die Wendung richtig gemerkt habe. Die Haushälterin lächelt jedoch und wickelt das Papier ab, sie scheint sich wirklich zu freuen. Ich will schon zur Gabel greifen, da verschränkt sie die Hände zum Tischgebet. Schnell senke ich den Blick. Sie murmelt lange ungarische Sätze, und ich verstehe – ich beherrsche die Sprache besser, als ich dachte –, ich verstehe, dass sie meiner Meinung ist. Genau wie ich weiß die Haushälterin, dass die Kleine nichts isst. Sie weiß, dass wir etwas unternehmen müssen, leise, heimlich, gegen Meikes Willen, und Thomas ist zwar auf unserer Seite, aber – auch das weiß sie – er bleibt wahrscheinlich in seinem Leben gefangen.

»Also geben wir von nun an acht«, sage ich, »Milchreis ist gut, kochst du nächste Woche Milchreis? Und ich melde die Kleine zum Schwimmkurs an. Wenn sie vom Schwimmen kommt, kann sie gar nicht anders. Dann haut sie rein.«

Am Tag darauf wirbelt die Kleine in mein Zimmer, und mein Herz schlägt schnell: Ihre Wangen sind röter, ihre Haut frischer als zuvor. Spielerisch lege ich meine Hand um sie, und während sie mir eine neue Flugzeugmarionette zeigt, bestaste ich ihren Bauch. Sie windet sich aus meinem Griff und ruft: »Ich habe alle Autos gezählt, die meine Mama gebaut hat, die standen in der ganzen Stadt!«

Sie will mir ein neues Spiel erklären, kommt über die Regeln jedoch nicht hinaus. »Und wenn das Flugzeug in der Ecke angekommen ist, muss es zurück in diese Ecke.« Ihre Stimme wird lauter. »Hast du das jetzt verstanden?«

»Geht es ein bisschen langsamer?«

»Oma hat das die ganze Zeit mit mir gespielt.«

Mit der Marionette trete ich unter die Weltkarte. »Hier fange ich an?«

»Falsch!«

»Aber wenn das Flugzeug nun hier starten will«, sage ich, »und dann will es quer durchs Zimmer fliegen und mitten auf deinem kleinen Bauch landen?«

»So fliegt das Flugzeug nicht.«

»Zuerst machen wir den Zopfgummi heraus«, sage ich, »und dann spielen wir etwas anderes. Wie wäre es mit Verstecken? Alles im ersten und im zweiten Stock ist erlaubt, auch mein Zimmer!«

»Und die Wäschekammer?«

»Die auch.«

Bei Thomas und Meike ist es verboten, in die weißen Stoffe zu kriechen, selbst die Haushälterin sieht das nicht gern.

Mehrmals tappe ich an den raschelnden Laken vorbei. »Juli hat sich aber gut versteckt. Das gibt es nicht, dass ich Juli nicht finde. Oder ist sie unter den Laken? Die Laken wackeln doch, oder? Was für ein super Versteck!«

Beim Abendessen frage ich Thomas und Meike nach ihren freien Tagen. Meike fängt sofort an zu schimpfen, auf die deutsche Unverbindlichkeit, auf das armselige Angebot der Bäckereien und auf ihre Schwägerin, die von Osteuropa spricht, als wäre es ein einziges Land. »Sie hat mich ernsthaft gefragt, ob die Regierung kommunistisch ist.«

»Du bist zu streng«, sagt Thomas, »vor drei Jahren haben wir das selbst nicht gewusst.«

»Wirklich«, fragt Meike, »wahrscheinlich hast du Recht.«

Die Kleine schiebt ihren Teller weg. Sie hat nicht darum gebeten, dass wir ihre Portion kleinschneiden. Aber jetzt fragt sie: »Wollt ihr meinen guten Vorsatz wissen? Ich esse keine Tiere mehr.«

Aus den Augenwinkeln beobachte ich, wie Meike mich aus den Augenwinkeln beobachtet, und Thomas beobachtet uns beide.

»Doro isst auch keine Tiere«, sage ich, »sie isst außerdem weder Eier noch Käse, weil die von Tieren kommen. Ich hatte übrigens wunderschöne Ferien.«

»Warst du nicht traurig«, fragt Meike, »dass dein Freund nicht gekommen ist?«

»Er kommt ja noch«, sage ich, »und wir haben stundenlang telefoniert.« Ich erzähle von meinem ruhigen Heiligabend, von dem Roman, den ich fast ausgelesen habe, und von der langen Silvesterparty mit meinen Freundinnen.

»Haben die Leute zum Jahreswechsel wieder Perücken getragen«, fragt Thomas.

Ich nicke. »Ich habe einige Perücken gesehen.«

»Meine Schüler haben mir in diesem Jahr auch Fotos mit blinkenden Hörnern geschickt.«

Wieder nicke ich. »Blinkehörner habe ich auch gesehen.«

»Wir haben ein paar deutsche Filme mitgebracht«, sagt Meike, »aber wir wollen uns nicht aufdrängen, hast du etwas vor?«

Vom Film bekomme ich nicht viel mit. Danach möchte Meike mehr über meine freien Tage wissen, war Heiligabend ganz allein nicht traurig, wo genau sind wir Silvester gewesen, ist zwischen meinem Freund und mir wirklich alles in Ordnung? Ich bin müde und gehe nach oben. Minutenlang starre ich auf meine E-Mails. Schon wieder hat nur meine Tante geschrieben: *Wie war Silvester, wieso meldest du dich nicht, was ist da unten eigentlich los?*

Nichts ist los, antworte ich, *übrigens unterliegst du demselben Missverständnis wie alle Mitteleuropäer: Wir sind hier nur anderthalb Grad südlicher als München.*

Das habe ich von Meike, sie hat es München geantwortet, als man wissen wollte, wer *da unten* diese unrealistische Kalkulation erstellt hat. Wenn ich Glück habe, nimmt dieser Spruch auch meiner Tante für eine Weile den Wind aus den Segeln.

Ich laufe die Prachtstraße entlang, schnurgeradeaus, bis meine Füße trotz der Kälte heiß geworden sind. Die Fassaden wirken heller als im Dezember, der Schnee fällt in Bilderbuchsternen vom Himmel. Tannenzweige liegen auf den Gehwegen, umgeben von breitem Goldband und zerbrochenen Kugeln. Ohne ihren Festtagsputz kommt mir die Stadt ehrlicher vor. Sie gibt nichts mehr vor, und sie lässt ihre Bewohner, wie sie sind. Auch ich kann endlich sein, wie ich bin, und der Wind pustet die letzten Sorgen aus meinen Gedanken. Bald tragen die Bäume Blätter, bald ist März. Es ist gut, dass mein Freund im März kommt. Es ist gut, einen Fuß vor den anderen zu setzen, und auch wenn mir vom Presslufthammer der Kopf zu dröhnen beginnt, ist es gut, dass die Statue am alten Zirkus abgebaut wird: Sie hat dieses Zweifeln in den Augen. Endlich fällt sie auf ihr Gesicht, die Presslufthammer verstummen, es wird still.

Nach einer Stunde habe ich das Stadtwäldchen erreicht. Schon lange will ich das Thermalbad ausprobieren, ich darf meinen Freund nicht ins Unbekannte führen. Ich verlaufe mich zwischen Saunen und Dampfbädern und schwimme im warmen Wasser nach draußen. Die Winterluft prickelt auf meinem Kopf, der Dampf lässt einen großen Teil der Welt verschwinden. Zwei hemmungslos knutschende Pärchen sehe ich doch.

Noch am nächsten Morgen riecht meine Haut nach Chlor und faulen Eiern. Vom Kindergarten fahre ich zum Parlamentsgebäude. Ich habe von den Demonstranten gelesen, die seit dem ersten Januar dort kampieren. Angeblich wollen sie den Präsidenten zu Neuwahlen zwingen, angeblich werden es immer mehr. Und wirklich, Zelte und Hütten stehen auf dem Vorplatz, Schlafsäcke liegen herum, und eine Europaflagge weht im Wind. Die Aufbruchsstimmung freut mich, und nach den Sprüchen auf den Transparenten werde ich im Sprachkurs fragen. Fast stolpere ich über eine tote Taube. Mit der Schuhspitze will ich den Körper beiseiteschieben, er haftet auf dem Asphalt wie angeklebt.

Vor der Unterrichtsstunde nimmt die Lehrerin mich beiseite. Ihr ist es lieber, sagt sie, wenn ihre Schüler regelmäßig kommen. Der Unterricht wird schwierig, wenn alle auf verschiedenen Stufen sind. Sollte ich nicht genügend Zeit zum Lernen haben, kann ich wechseln, es gibt einen zweiwöchigen Kurs, oder passt mir der Samstagstermin besser?

»There was trouble in my host family«, sage ich, »from now on I'll come regularly. And I'll do my homework, I promise!«

Micki lässt sich wieder einen Bart stehen, die Haare am Kinn wachsen schneller als die an den Wangen. Ausnahmsweise hat er vergessen, den Stuhl neben sich freizuhalten. Ein asiatisches Mädchen sitzt dort, mit einer wilden Frisur, einer großen Brille und einem schüchternen Blick, der zu beidem nicht passt. Ich lege meine Tasche auf den Nachbartisch und sage: »We had a great night in the club. Too bad, you disappeared.«

»How was Christmas«, fragt Micki, »did your boyfriend like the town? This is Keiko, by the way.«

»He'll come in March. March fourth, to be exact. I'm sure Tabea is eating by then.«

»To be honest I don't get this eating issue.«

»Me neither. That's why I love him.«

Für die Pärchenübungen werde ich einem französischen Geschäftsmann zugeteilt, der mich in einem lächerlichen Englisch fragt: »Is this your first lesson?«

Wir erklären einander, ob wir unseren Kaffee mit Milch oder mit Zucker, unser Sandwich mit Schinken oder mit Käse mögen. Mit Milch, mit Käse, das ist einer dieser vierzig Fälle, ohne Milch und ohne Käse wäre schon der nächste. Die Konstruktionen sind nicht weiter kompliziert, allerdings ginge uns der Dialog leichter von den Lippen, wenn der Geschäftsmann Englisch spräche. Dann könnte er die zwei, drei Ausdrücke übersetzen, die mir entfallen sind. Sicherheitshalber schlage ich die Konjugationstabelle auf. *Ich trinke. Ich esse. Du trinkst. Du isst. Er trinkt. Sie isst.* Beide Verben werden auf dieselbe Weise konjugiert, alles ist vollkommen logisch. Dass es zehn Jahre dauern soll, diese Sprache zu lernen, ist ein Gerücht.

Nach der Stunde frage ich Micki, ob wir wieder in den syrischen Imbiss gehen.

»Keiko and I are going«, sagt Micki.

»I'll join you«, sage ich.

Die beiden laufen vorweg, ich verliere immer wieder das Gespräch. Wenn ich mich nicht irre, redet Micki über Denkmalschutz. Angeblich sind die Eigentumsverhältnisse hier so kompliziert wie in keinem europäischen Land. Wie immer muss er ein wenig übertreiben. Von hinten weise ich die beiden auf eine Villa hin, vor allem auf die Wand neben der vermauerten Tür: Dort bröckelt der Putz in Herzform.

»My favorite city.« Es ist das erste, was ich von Keiko höre, und ich mag es, mit welcher Überzeugung sie die drei Worte sagt.

Als ich von einem Touristenpaar angesprochen werde, verliere ich Micki und Keiko aus den Augen. Das Paar sucht ein koscheres Restaurant, und auch wenn ich mir nicht ganz sicher bin, weise ich ihnen den Weg. Kurz vor dem Imbiss habe ich Micki und Keiko wieder eingeholt. Ich richte es so ein, dass wir an dem Spruch zu sitzen kommen: IF YOU CAN DREAM IT YOU CAN DO IT. In der rechten Hand halte ich meine Pita, mit der linken Hand ziehe ich die Buchstaben nach. Ich höre mir an, was Keiko über ihr Weihnachtsfest zu erzählen hat. Ihr Englisch besteht nur aus wenigen Wörtern, Micki kitzelt die Sätze durch Nachfragen aus ihr heraus. Offenbar wollte sie in einem Club feiern, dann hat das Heimweh sie übermannt, und sie hat den Abend heulend im Wohnheim verbracht, draußen im einundzwanzigsten Bezirk.

Sie sagt das mit einem Lachen, ich lache auch, Micki lacht nicht.

»Sounds sad«, sagt er und knüllt die leere Hülle seiner Pita zusammen.

»Do you want me to get you another pita«, frage ich.

»No.«

»But you're surely still hungry«, sage ich, »what do you think about the protesters in front of the parliament?«

»What does Doro think about them?«

»She joins them from time to time«, sage ich, »did you like her? I can arrange another meeting.«

Aber Micki hat schon seine Jacke angezogen, seit zehn Minuten müsste er wieder in der Redaktion sitzen. Ich frage Keiko, ob sie noch einen Tee trinken will. Als ich mit zwei Tassen zurückkomme, erfahre ich, dass ich mit meiner Vermutung richtig liege: Sie hat keinen Freund.

»And your friend«, fragt sie, »his name?«

Nicht allen geht es so, sage ich, doch uns fällt es nicht schwer, einander elf Monate treu zu sein. Natürlich wäre es einfacher, wenn wir uns regelmäßig sähen, und wenn er nicht ständig Einladungen zu Konferenzen bekäme, wäre er längst hier gewesen. Obwohl wir seit fast fünf Monaten nur telefoniert haben, sind wir uns so nahe wie am Tag meiner Abreise. Ich habe keinen Millimeter seines Gesichts vergessen, oder besser gesagt keinen Millimeter seiner verschiedenen Gesichter. Ich kann sie mir alle vor Augen rufen, das erstaunte, das fröhliche, das ruhige, konzentrierte Gesicht, und bald kann ich diese Gesichter mit der Wirklichkeit abgleichen: Er kommt, er kommt mich tatsächlich besuchen. Dann besichtigen wir den Stephansdom, die Pfarrkirche und das Fotografiemuseum. Wir erholen uns im größten Thermalbad der Stadt, essen in diesem neuen Restaurant im achten

Bezirk und bringen an der Kettenbrücke ein Vorhängeschloss an, das unsere Liebe für immer fixiert. Alle Paare in dieser Stadt tun das, wir aber nehmen die Sache nicht zu ernst, wir glauben nicht an Symbole, wir glauben nur an uns, an ihn, an mich, wir glauben daran, nein, wir wissen, dass niemand mehr zwischen uns treten kann.

»My favorite city«, sagt Keiko wieder und wickelt sich ihren Schal um den gesamten Oberkörper.

Weil ich nichts anderes finde, schreibe ich meine Nummer auf einen 500-Forint-Schein. Bei Gelegenheit, verspreche ich ihr, gehen wir ins Tanztheater, und ich stelle sie meinen Freundinnen vor. Meine Tage sind zwar eng geplant, bestimmt finden wir trotzdem einen Termin. Sie soll sich einfach bei mir melden.

Das Schwimmbad ist riesig mit seinen drei Becken und den zwei Tribünen, und alle Geräusche sind seltsam verfremdet. Die Anfänger treffen sich am kleinen Bassin. Rote Badekappen werden verteilt, ich stülpe der Kleinen eine über den Kopf und setze mich auf die Stühle zwischen Mütter und Väter, die Bananen essen und Joghurts löffeln. Ich habe nur mein Handy mitgenommen. Mit schnellen Fingern tippe ich eine Nachricht. *Schwimmen macht hungrig,* schreibe ich, *und Schwimmenlernen noch mehr.* Ich lege sie in den Ordner für Entwürfe und schreibe eine zweite: *Ab heute brauchst du dir um die Kleine keine Sorgen mehr zu machen!* Ich achte darauf, nicht versehentlich auf SENDEN zu drücken. Mein Freund spürt, was ich denke, er weiß, was hier gerade passiert, deshalb brauche ich ihm diese Nachrichten nicht zu schicken.

»Pencil, parcel, scissors«, ruft die Lehrerin, »altogether! Pencil, parcel, scissors!«

Zusammen mit elf anderen Kindern macht die Kleine ihre Beine lang wie einen Bleistift, zieht sie zum Paket heran, spreizt sie in eine Schere. Im mittleren Becken halten sich alte Frauen nur mit Poolnudeln über Wasser, im großen Becken ziehen die Profis ihre Bahnen. Sie kraulen geschmeidig wie Tiger, bei den Saltowenden knallen ihre Beine auf das Wasser.

»Don't they look good«, fragt mich eine Mutter. Sie hat ihre Hosenbeine aufgekrempelt, auf ihrer Fessel ist eine Tätowierung zu sehen, der Schriftzug ENDURANCE. Ich schiebe meinen Fuß in ihre Richtung.

»My boyfriend looks better«, sage ich.

»You don't know my husband.«

Wir lachen.

Die Eisschollen auf dem Fluss sind wieder größer. Schnell wie Schiffe treiben sie unter uns hindurch, als wir über die Margaretenbrücke fahren, und das Wasser dazwischen leuchtet grün.

»Hat es dir gefallen«, frage ich.

Die Kleine nickt. »Juli schwimmt gern.«

»Das freut mich«, sage ich, »wahrscheinlich hast du einen Bärenhunger. Zu Hause wartet eine Riesenportion Spaghetti auf dich.«

»Kann Papa beim nächsten Mal Juli bringen?«

»Habe ich etwas falsch gemacht?«

»Juli will von Papa gebracht werden.«

»Du musst mir sagen, wenn ich etwas falsch mache. Ich erfülle dir jeden Wunsch, das habe ich dir versprochen.«

In der Villa will die Kleine nicht auf dem Flügel klimpern, also schalte ich den Laptop ein. Auch mit den YouTube-Clips bin ich nicht mehr so streng. Während die Kleine vor dem ersten Flughafenvideo sitzt, setze ich Nudelwasser auf. Thomas und Meike arbeiten noch, die Haushälterin ist schon gegangen. Das Essen, das sie vorbereitet hat, schiebe ich auf einen Werbezettel. Ich falte ihn sorgsam, ehe ich ihn in den Müll werfe. Dann lege ich Spaghetti in Kreisen auf den Teller, schneide Brot und Tomaten in mundgerechte Stücke, hole aus meinem Zimmer den Mäusekäse und die Erdnusscreme. Die Kleine löst den Blick nicht vom Bildschirm, sie nimmt ihren Löwenlöffel nicht in die Hand.

In der nächsten Woche sitzt die Mutter mit der schönen Tätowierung wieder neben mir. Beide beobachten wir unsere Kinder. Wieder planschen sie mit ihren roten Badekappen im flachen Wasser, und wer will, darf langsam ins Tiefe. Die Lehrerin ruft: »Now dive! If you want to you can hold your nose.«

In der Gruppe mit den grünen Badekappen geht es nicht so harmlos zu. Dort wird Kopfsprung geübt, und wer auf eine Kerze ausweicht, muss sich sofort wieder anstellen. Ein Mädchen, kaum älter als die Kleine, traut sich nicht einmal eine Kerze zu. Starr steht es auf dem Startblock, sein Bikinioberteil ist verrutscht. Hinter ihm zappeln die anderen Kinder. Das Mädchen aber wirkt unbeeindruckt, als wäre es nicht hier, sondern in einer Welt, in der es von Mut zeugt, auf dem Startblock stehenzubleiben. Ich möchte dem Mädchen zurufen, dass es springen soll. Das Wasser trägt es, das Wasser schützt es. Im Wasser wird es merken, wie leicht alles ist. Und da springt das Mädchen, jedoch nicht in das Becken, sondern an den Beckenrand. Es versucht, Halt zu finden, gleitet ab und taucht mit einem Jaulen unter. Die Schwimmlehrerin geht in die Knie und zerrt es nach draußen. Rücklings kommt es auf den Fliesen zu liegen, über die Innenseiten seiner Arme läuft Blut.

»That's mean«, sagt die Mutter mit der schönen Tätowierung.

»Nobody forced her«, sage ich.

»Are you serious?«

»It was her decision, wasn't it?«

»You can't possibly be serious.«

»Of course ...« Ehe ich weiter reden kann, wird die Welt weiß. Ich höre die Schreie der Kinder, das Plätschern des Wassers, das Rauschen der Duschen. Auch die Gerüche sind klar, ich rieche sehr viel Chlor, das Butterbrot hinter mir und von den Waschräumen her etwas Urin, und ich spüre die kühlen Fliesen unter meinen Füßen. Dann tauchen die roten und grünen Badekappen langsam wieder auf. Ich rücke von der Mutter weg, den Schriftzug an ihrem Knöchel nehme ich ihr nicht mehr ab. Bestimmt ist es nicht schlimm, dass die Welt manchmal verschwindet. Ich könnte das einer Nachricht hinzufügen, als eine Frage, die nicht unbedingt beantwortet werden muss. Ich nehme mein Handy und beginne zu tippen.

»Are you waiting for Tabea?«

Ich schaue auf: Die roten Badekappen sind aus dem kleinen Becken verschwunden, und von den Armen der Lehrerin schaut die Kleine mich an. Ihre Lippen sind blau, ihr Badeanzug bereits trocken.

»Wie war der Kurs«, frage ich und nehme sie der Lehrerin ab, »was hast du heute gelernt?«

»Why didn't you tell me she is your mummy«, fragt die Lehrerin.

»Because she isn't my mummy.«

»I'm her au pair«, sage ich, »sorry for day-dreaming. Und weil ich geträumt habe, darfst du dir etwas wünschen.«

»Nicht kämmen und nicht föhnen!«

»Puh«, sage ich, »das ist ein großer Wunsch. Den erfülle ich dir nur, wenn du niemandem verrätst, dass ich geträumt habe. Und dass ich ihn überhaupt erfülle, darfst du auch niemandem verraten, versprichst du mir das?«

Binnen Minuten kommt der Bus, ich steuere den Doppelsitz über der Heizung an. Die Kleine darf sich nicht erkälten mit ihren nassen Haaren, und wir haben Glück: Die Heizung bläst so heiß, dass es mich nicht wundern würde, wenn unsere Schuhsohlen schmelzen. Wir biegen auf die Margaretenbrücke ein. Nebel hat das andere Ufer verschluckt, die Brücke scheint geradewegs ins Nichts zu führen. Aber schon treten die Schemen der St. Annen-Kirche hervor, und dann, kurz vor dem Brückenkopf, bleibt der Bus stehen. Ich recke den Hals. Polizeitransporter versperren den Weg, am Straßenrand warten Krankenwagen. Das Flappen von Hubschraubern ist zu hören, darunter liegt der hohle Ton von Megafonen. Die Autos rund um uns versuchen es mit Hupen, ein paar Fahrer steigen aus. Polizisten schlängeln sich zwischen den Wagen hindurch. Sie schieben die Leute sanft auf ihre Sitze zurück. Auch die Fußgänger werden mit freundlichen Gesten in

Autos verstaut, und eine junge Frau, die sich von ihrem Fahrrad ab- und in einen Kombi einzusteigen weigert, wird in die Sicherheit eines Polizeiwagens geführt.

Der Fahrer stellt den Motor ab, und obwohl Fenster und Türen geschlossen bleiben, stehen sofort Atemwolken vor unseren Mündern. Um die Kleine abzulenken, puste ich einen Hund, einen Kringel, ein Flugzeug in die kalte Luft. Sie duckt sich, als ich ihr meine Mütze über die nassen Haare stülpen will.

»Willst du kein Sultan sein?«

»Juli will die Flugzeuge sehen.«

»Wenn du so weitermachst«, sage ich, »weiß bald die ganze Stadt unseren Geheimnamen. Außerdem bist du fünf, und beim Vornamen nennen sich höchstens Dreijährige. Du könntest auch mit den S ein bisschen besser aufpassen. Sagst du noch einmal ›Flugzeuge‹?«

»Juli. Juli, Juli, Juli. Juli will die Flugzeuge sehen.«

»Die Polizeiwagen interessieren dich nicht?«

Immer mehr Polizisten steigen aus den Transportern und nähern sich den Transparenten, die aus dem Nebel ragen. Wahrscheinlich handelt es sich um die Transparente der Leute, die am Parlamentsgebäude ausharren. Sie sind aufgebrochen, um ihren Forderungen Nachdruck zu verleihen, aber ich glaube, dass sie voreilig sind. Sie brauchen mehr Geduld, sie brauchen mehr Vertrauen. Im Gegensatz zu ihnen habe ich Geduld. Ich habe Geduld mit meinem Freund und der Kleinen, und ich habe Vertrauen. Ich vertraue darauf, dass die Kleine bald isst und mein Freund mich besucht, ich vertraue darauf, dass sie sich jetzt nicht erkältet und dass sowohl die Polizisten als auch die Demonstranten in Frieden gekommen sind. Ich kann mir nicht vorstellen, dass auf dieser Brücke jemandem etwas zustoßen wird.

Die Sprechchöre und die Rufe aus den Megafonen verstummen. Nur noch das Flappen der Hubschrauber ist zu hören. In die Stille hinein beginne ich zu reden. Ich flüstere der Kleinen ins Ohr, dass, wäre die Brücke frei, ein Flugzeug darauf landen könnte, sicher keine Passagiermaschine, aber ein Frachtflugzeug, in das sie klettern dürfte, und dann würde sie über der Stadt Runde um Runde drehen, zusammen mit ihrem Vater und der Haushälterin und mir, nur ihre Mutter lassen wir unten, mit der ist in letzter Zeit nicht gut Kirschen essen. Oben im Himmel wärmt uns die Sonne, und wir sehen die Wolken und die Spatzen so nahe wie noch nie.

»So weit oben gibt es keine Vögel.« In den Haaren der Kleinen sind Eisblumen gewachsen. »Und keine Ampeln, aber die brauchen die Piloten auch nicht.«

»Das sind auch keine normalen Vögel«, sage ich, »das sind Himmelsvögel.« Ich rede immer weiter, von einem Himmelsspatz, der uns mit seinem kleinen Flügel heranwinkt und erzählt, dass er aus Neuseeland kommt. Dort hat er einen Plausch mit einem Kiwi gehalten, der den Busch in seinem Leben nicht verlassen hat, doch bald will der Kiwi aufbrechen, bald geht er in die Welt. Rings um uns wird ebenfalls getuschelt, Essen wird verteilt, Wasser von Hand zu Hand gereicht. Zwei junge Männer teilen sich eine Zeitung, ein älterer Mann geht schon zum dritten Mal nach vorn. Diesmal schreit er den Fahrer an, aber der schüttelt stoisch den Kopf. Auf der Stoffhose einer Frau entsteht ein dunkler Fleck. Sie stellt ihre Tasche darauf, dennoch bin ich nicht die einzige, die ihn bemerkt. Erst wird der Uringeruch stärker, dann nimmt meine Nase ihn nicht mehr wahr, dann trotten die Polizisten zu den Transportern zurück, und dann dauert es immer noch eine halbe Stunde, bis die Straße wieder freigegeben wird. Als wir den Brückenkopf passieren, schließe ich die Augen.

In der Villa trage ich die Kleine sofort ins Bad. Ich fülle die Wanne mit lauwarmem Wasser und gebe nach und nach heißes Wasser hinzu. Das Eis in ihren Haaren taut schnell. Länger dauert es, bis ihre Zähne nicht mehr klappern. Ich will sie ins Bett legen, unter dicke Decken, und ihr eine Brühe bringen, sie aber will spielen. Sie holt den Drachen aus dem Regal, legt Flu, Flo und Fla daneben, schüttet Bausteine aus.

»Willst du dich nicht für ein Spiel entscheiden?«

»Juli spielt ein neues Spiel.« Sie wirft die Sachen so heftig durcheinander, dass ein Flugzeug seine Flügel verliert.

Ich reiße sie am Arm nach oben. »So geht das nicht.«

»Ich hasse dich! Und deine Geschichten hasse ich auch.«

»Ich wollte dir sowieso keine mehr erzählen, mir reicht es mit dir!«

Ich renne unters Dach und knalle meine Zimmertür ins Schloss. Nach wenigen Minuten ärgere ich mich über meine Wut. Die Kleine kann nichts dafür, dass ihr das Essen ausgetrieben wurde, und es wäre bedenklich, wenn sie nicht gegen mich aufbegehren würde. Sie ist ein Kind, und Kinder halten sich an ihre Mütter. Vorsichtig öffne ich die Tür, unten redet die Kleine mit sich selbst.

»Jetzt ist Zähneputzzeit«, sagt sie, »das macht Juli schön. Und jetzt zieht Juli ihren Schlafanzug an. Und jetzt legt sie sich ins Bett und deckt sich bis zum Kinn zu. Was für eine Geschichte will Juli heute hören?«

Als es in der ersten Etage still geworden ist, fahre ich meinen Laptop hoch. Ich surfe durch das Programm des Tanztheaters, ich klicke in der neuen Vokabelliste herum, ich schaue auf mein Konto: Mein Freund hat mir das Geld für seinen Flug zurücküberwiesen. Ich fülle eine neue Überweisung aus und schreibe an Lili und Marleen: *Habt ihr Lust auf Kino?*

Neben meinem Teller liegt ein schwarzes Plättchen, nicht größer als mein Daumennagel: eine ungarische SIM-Karte. »Steckst du die in dein Handy«, fragt Meike, »in nächster Zeit kann es bei uns beiden manchmal später werden, so können wir uns problemlos absprechen.«

Ich kann den Salat nicht schlucken, schnell trinke ich Wasser nach. »Auf keinen Fall kann ich die Karte wechseln.«

»Gibt es immer noch Handys, die man freischalten muss?«

Ich nicke, auch wenn es darum nicht geht. Es geht darum, dass ich allen Leuten eine neue Nummer geben müsste, meinen Eltern, meiner Tante, meinen Kommilitonen in Deutschland und auch meinem Freund, und vielleicht wären damit alle Mühen der letzten Wochen zerstört.

»Irgendwo habe ich ein altes Handy«, sagt Meike, »und bei Gelegenheit besprechen wir uns, wie wäre es nächste Woche? Nein, da kommt München, geht es auch in der Woche darauf?«

»In Ordnung«, sage ich.

»Und heute willst du ins Kino?«

»Das ist erst morgen, Lili hat sich im Tag geirrt.«

»Was macht ihr stattdessen?«

»Wir gehen in unser Stammcafé.«

»Trefft ihr euch wieder häufiger?«

»Fast jeden Abend.«

»Wo liegt eigentlich dieses Café, ich hoffe, nicht im siebten Bezirk? Da wurde gestern ein Lebensmittelladen geplündert, hast du davon gelesen?«

»Was soll das werden«, fragt Thomas und lacht, »ein Verhör?«

Obwohl Thomas und ich noch essen, steht Meike auf und steigt die Treppe nach oben.

»Alles okay«, frage ich, als sie außer Hörweite ist.

»Bei den vielen Aufgaben im Werk«, sagt Thomas, »kann sie nicht bei jeder Mahlzeit bis zum Ende bleiben.«

»Aha.« Ich zwinkere ihm zu. Schnell schaut er weg, aber ich weiß, wir verstehen uns. Wir verstehen uns besser, als Meike lieb sein kann. Längst hat sie sich ins Abseits manövriert. Ich höre die Wortwechsel jeden Abend, meistens geht es um den dritten März. Meike will weniger Aufwand betreiben. Sie bezweifelt, dass das Nachtischbuffet und die zweite Servierkraft wirklich vonnöten sind.

»Drei Gänge sollten wir schon anbieten«, sagt Thomas.

»Das machen wir in Deutschland, da feiern wir so richtig.«

»Wir waren hier so oft eingeladen«, sagt Thomas.

Natürlich geht es nicht um die Gäste und das Essen, es geht um die Kleine. Thomas sieht, dass sie von Tag zu Tag dünner wird, und er weiß, auch ihr Husten kommt nicht von ungefähr. Ihm sind allerdings die Hände gebunden, vor Gericht bekommen immer die Mütter Recht. Er braucht weitere Beweise, und bis er sie gesammelt hat, spielt er seine Rolle zur Sicherheit selbst in Meikes Abwesenheit. Außer mir sagt in der Villa niemand mehr die Wahrheit, und in dieser Atmosphäre ist es kein Wunder, dass die Kleine einzunässen beginnt. Morgens ziehe ich die nasse Wäsche ab und flüstere: »Das bleibt unser Geheimnis.«

Und wenn ich das Bettzeug der Haushälterin übergebe, sage ich: »Thomas und Meike sagen wir vorerst nichts.«

Der Busfahrer, der die Kleine und mich jeden Morgen zum Kindergarten bringt, lächelt uns seit kurzem über seinen gewölbten Spiegel zu. Er pfeift »Ein Vogel wollte Hochzeit machen«, er nimmt die Kurven mit besonders viel Schwung, einmal beißt er während der Fahrt sogar in ein Brötchen. Die Steinfiguren, die draußen an den Fassaden ganze Balkone schultern, lächeln mir trotz der Anstrengung zu, und im Museum der Schönen Künste, in dem ich drei Tage verbringe, lächeln mich Adam und Eva an. An einem Abend fehlt dem roten Wagen das Lenkrad, auch das ist ein gutes Zeichen. Das leere Armaturenbrett will mir sagen: Du brauchst niemanden mehr, du hast längst die Führung übernommen! Mit den Fingern fahre ich über das kalte Metall. Ich habe Meike gesagt, dass ich mit meinen Freundinnen zum Tanztheater verabredet bin.

An der Freiheitsbrücke verlasse ich den Bus und habe mich nach wenigen Minuten im Gewirr der Gassen verloren. In der

Villa habe ich mir die Straßenzüge eingeprägt, doch an den Platz mit den sechs Abzweigungen erinnere ich mich genauso wenig wie an die zwei Kirchen, die gleich nebeneinander stehen. Der Himmel ist fett von Schnee, die Flocken leuchten im Licht der Laternen. Meine Füße gehen abwechselnd nach links und rechts, auf mein Gesicht legt sich ein Lächeln. Wer braucht schon Wegweiser, wer hat kein Vergnügen daran, sich von Zeit zu Zeit zu verirren, und warum sollte ich mich vor den Typen hinter mir fürchten? Ich habe im Dunkeln keine Angst mehr, denn in dieser Stadt ist noch nie etwas Schlimmes passiert. Zumindest habe ich mit eigenen Augen nichts Schlimmes gesehen, habe mit eigenen Ohren nichts Schlimmes gehört, und vor den Obdachlosen unter den Mauervorsprüngen brauche ich erst recht keine Angst zu haben. Sie haben Decken, unter denen sie sich verkriechen können. Sie haben Lüftungsgitter, vor denen sie einen warmen Schlafplatz finden, und in den Zigarettenschächten der Mülleimer finden sie genügend alte Kippen, aus deren Tabakfäden sie sich neue Zigaretten drehen. Wenn sie gar nicht weiter wissen, lassen sie sich festnehmen und verbringen ein paar Nächte in der Wärme der Untersuchungshaft. Neulich habe ich sogar beobachtet, wie aus einem weißen Lieferwagen Lebensmittelpakete verteilt wurden. HARE KRISHNA stand auf den Jacken der Helfer, die Schlange reichte zwei Häuserblöcke weit, und die Leute warteten geduldig, sie wussten, es gibt genug für alle.

Fast rechtzeitig bin ich am Tanztheater. An der Theke frage ich, ob für mich eine Karte hinterlegt ist. Der Kellner verneint. Er trägt in jedem Ohr fünf Ringe und rosarote Rosen auf seiner Krawatte. Weil mir die Blumen so gut gefallen, bestelle ich zu meinem Weißwein etwas Gebäck. Eine Stunde später bin ich von betrunkenen Italienern umgeben. Mich freut ihre gute Laune, einen zweiten Wein lehne ich jedoch ab. Meine Freundinnen sind nicht unter den Besuchern, die nach zwei Stunden den Saal verlassen. Bestimmt treffe ich sie bald.

Einen Vormittag verbringe ich mit der Haushälterin, nur sie und ich, unsere Fotos und meine ungarischen Wörter. Einen Vormittag bleibe ich im Zoo, bei den Kamelen, bei den Ziegen. In vier Wochen, im März, ist es sicher schon wärmer, und dann kehre ich mit meinem Freund hierher zurück. Bis dahin haben Thomas, die Haushälterin und ich die Kleine zum Essen gebracht, und wenn Meike ihren Fehler nicht eingesehen hat, hat sie das Sorgerecht verloren. Ich sitze eine Weile im Stephansdom, auch dort werden meine Füße nicht wieder warm. Durchs jüdische Viertel spaziere ich zum Café mit den Hasen. In den Schaufenstern der Antiquitätenläden glänzt weißes Geschirr, die Gemälde sind mit Sicherheit gefälscht.

Ich bestelle einen Tee und tippe in mein Handy, dass die Stadt zu unserer Stadt geworden ist, zur Stadt von meinem Freund und mir. In diesem Café habe ich den anderen zum ersten Mal von unserer Liebe erzählt, am Nationaltheater hat ein Engel seinen Besuch angekündigt, auf der Prachtstraße sind die letzten Zweifel von mir abgefallen, und jeden Tag beweist die Stadt mir wieder, dass wir zusammengehören: Ein neues Graffiti zeigt ein eng umschlungenes Paar, und es kann kein Zufall sein, dass ich jeden Tag eine Hochzeit sehe, wirklich jeden einzelnen Tag. *Alle Ecken erinnern mich an dich*, schreibe ich und drücke nicht auf SENDEN, und in der nächsten Nachricht schreibe ich von dem Hasen, aus dessen Bauch gelber Schaumstoff quillt wie ein Versprechen auf mehr, ein Versprechen auf –

»Hallo«, sagt jemand, »dich gibt's immer noch?«

Ich schaue von meinem Handy auf. »Da seid ihr ja!«

»Und wir dachten, du hast abgebrochen, wie Anna!«

»Wer ist Anna?«

Marleen lacht. »Uns kennst du aber? Ich bin Marleen, das ist Lili, daneben Doro und Ines.«

Lili und Doro behalten ihre ernsten Mienen bei. Das vierte Mädchen hat blaue Augen und raspelkurze Haare. Es stellt sich als Annas Nachfolgerin vor. Anna, das kann nur die Blonde sein. Anna, sage ich vor mich hin, Anna, als würde mir der Name nun noch nützen. Ich frage: »Anna hat abgebrochen?«

»Hat sie sich nicht von dir verabschiedet?«

Ich erfahre, dass sie schon im November für den dreiundzwanzigsten einen Flug gebucht hat, und kaum war sie zu Hause, wollte sie auf keinen Fall zurück. Ihr Vater musste kommen, um ihre Sachen zu holen, und die Gastfamilie hat Ines viel Schlechtes erzählt: Angeblich hat Anna ständig Fertigessen gekauft, sie hat die Kinder allein gelassen und sich bis zum Schluss geweigert, die Hemden ihres Gastvaters zu bügeln.

»Ich würde niemals abbrechen«, sage ich, »das ist meine Traumstadt. Setzt euch doch, oder haben wir noch etwas vor? Ich habe mir eine ungarische SIM-Karte besorgt, wollt ihr die neue Nummer?«

Ines setzt sich neben mich. »Ich könnte einen Glühwein vertragen.«

»Traumstadt finde ich ein bisschen übertrieben«, sagt Lili, »hast du von den neuen Gesetzen nichts mitbekommen?«

»Wie war Weihnachten«, fragt Marleen, »nachdem du monatelang von nichts als deinem Freund geredet hast, hättest du ihn uns ruhig vorstellen können.«

Ines steht wieder auf. »Ach so, die bist du.«

»Micki gefällt es hier genauso gut wie mir.« Ich wende mich an Doro. »Hast du ihn in letzter Zeit gesehen?«

»Mit diesem Kram habe ich aufgehört«, sagt Doro.

»Sag schon«, sagt Marleen, »wie war es mit deinem Freund?«

»Er besucht mich im März«, sage ich, »am vierten, gleich nach der Party. Soll ich euch eine Einladung organisieren? Die halbe Stadt kommt, es gibt ein riesiges Buffet.«

Ein Kellner tritt an unseren Tisch, verschwindet jedoch auf Lilis Zeichen wieder. Ich hätte zahlen sollen, denn meine Freundinnen setzen sich nicht, und das kann nur heißen, dass sie mich hier abholen. Gleich gehen wir zusammen weiter, und ich hoffe, dass sich dann auch mein Atem beruhigt. Ich höre mich so laut atmen, als hätte ich die vier durch die ganze Stadt verfolgt. Dabei stehen sie hier, neben mir, und warten auf mich. Sie warten auf mich, weil sie meine Freundinnen sind. Wir hören einander zu und muntern uns auf, wenn es in unseren Gastfamilien Komplikationen gibt oder unsere Fernbeziehungen über diese elf langen Monate nicht so laufen wie gedacht.

»Falls mein Freund sich bei euch meldet«, frage ich, »könnt ihr ihm sagen, dass im März alles klar geht?«

»Wir kennen ihn gar nicht«, sagt Doro.

»Wir müssen weiter«, sagt Lili.

»Ich möchte bleiben«, sagt Marleen, »mich würde interessieren, wie dieser Freund heißt. Worüber er promoviert, seinen Geburtstag, ich will alles wissen. Ich glaube nämlich, dass es den gar nicht gibt.«

»Julian heißt er, willst du auch seine Nummer?«

»Ich will Fotos sehen.«

»Die Schlittschuhbahn schließt in einer Stunde«, sagt Lili.

»Na und«, fragt Marleen.

»Ich will seit Ewigkeiten auf die Schlittschuhbahn«, sage ich, »und danach gehen wir zu mir, und ich zeige euch Fotos.«

»Musst du das deinen Gasteltern nicht ankündigen«, fragt Lili.

»Wieso fahren wir nicht sofort zu ihr«, fragt Marleen.

»Das bringt nichts«, sagt Lili.

Ich krame nach meinem Portmonee. »Ich muss nur noch zahlen.«

Doro und Ines haben sich schon abgewandt. Ohne sich zu verabschieden, gehen sie unter den Hasen hindurch, und Lili zieht Marleen von mir weg.

»Wartet auf mich«, rufe ich, »oder wisst ihr, wie ihr zu mir kommt?«

Ich winke dem Kellner, der umständlich sein Poliertuch beiseitelegt und viel zu viele Zahlen in die Kasse tippt. Meine Freundinnen drücken schon die Tür nach draußen auf. Immer noch ist mein Atem so laut. Ich muss fast schreien, um ihn zu übertönen.

»Marleen, warte wenigstens du«, schreie ich, »ich habe jede Menge Fotos von unseren Reisen, ich habe nicht einmal die doppelten gelöscht!«

Fast vergesse ich die Faschingsfeier im Kindergarten. Zum Glück erzählt Thomas beim Frühstück von den zwei Sechstklässlern, die gestern als Soldaten in die Schule gekommen sind. Sie trugen Uniform und auf dem linken Oberarm einen Aufnäher mit Ungarns Umrissen vor 1920, auf dem rechten die Flagge der faschistischen Partei. Erst wollte Thomas sie nach Hause schicken, dann fiel ihm ein, dass die Eltern des einen die Schule seit Jahren unterstützen. Sie finanzieren das Orchester und haben auch für den Schulclub gespendet, und nun, meint er, kann er nie wieder in den Spiegel schauen. Ich weiß, dass er eigentlich von etwas anderem redet. Er redet von dem wirklichen Grund, aus dem er nicht mehr in den Spiegel schauen kann. Diesen Grund darf er noch nicht aussprechen. Ich tröste ihn mit einem Lächeln und werfe einen Blick auf den Teller der Kleinen. Er bietet dasselbe Bild wie immer.

Am Westbahnhof machen wir Halt, um eine Pilotenbrille und Schminke zu besorgen. Aus der Konditorei will die Kleine nichts. Vor dem Kindergarten male ich ihr mit etwas zu viel Schwung einen Schnurrbart über die Lippen.

Im Vorraum steht ein Blech mit Pfannkuchen, die Stuhlpolonaise hat schon begonnen. Die Musik ist laut, noch lauter sind die Schreie, sobald jemand die Stopptaste betätigt. Eltern und Aupairs fotografieren die Kinder und feuern sie in allen Sprachen an.

»You're late again.« Heute trägt die Erzieherin keine Absatzschuhe, sondern riesige Clownslatschen, eine rote Nase im Gesicht und die Schminke fingerdick. »Are you not staying? Nannies and parents are welcome.«

»My language course starts in half an hour.«

»But can you spare me a few minutes? We need to talk, Tabea is worrying me.«

Zwischen Eltern und Aupairs entdecke ich die Nachfolgerin der Blonden. Ines ist ihr Name, Ines, ich habe ihn nicht vergessen. Nicht weit von ihr sitzt Schuscha. Wie die meisten Eltern hat sie sich passend zu ihrer Tochter verkleidet. Sie trägt einen Sternchenumhang und im Haar einen Feenreif. Neulich haben wir endlich den gemeinsamen Kaffee getrunken, in einer Bäckerei nicht weit von hier. Wir haben von der Stadt geschwärmt, wie sicher wir uns fühlen, seit vor jedem Geschäft ein Wachmann steht, wie die Prachtstraße strahlt, seit die Obdachlosen sich in den einstelligen Bezirken nicht mehr aufhalten dürfen. Schuscha hat mir noch einmal die Europapolitik des Präsidenten erklärt, ich habe von der schlechten Ernährung der Kleinen und von der Ehekrise ihrer Eltern erzählt. Bei Schuscha hat mein Freund sich nicht gemeldet, aber sie gibt mir Bescheid, wenn sie etwas hört.

»Are you paying attention?«

Mit einem Wimpernschlag hole ich den Vorraum und die Erzieherin zurück. »I'm always paying attention.«

Ich erfahre, dass die Kleine beim Mittagsschlaf manchmal einnässt. Alle Kinder, sogar die beiden Annas, machen sich darüber lustig, und sie lachen auch, weil die Kleine immer stärker lispelt. Die Erzieherin scheint sich wirklich zu sorgen, und ich überlege, sie einzuweihen. Sie sollte wissen, dass die Kleine von ihrer Mutter vernachlässigt wird. Aber vielleicht hat Meike ihr den Auftrag gegeben, mich zu testen.

»I really need to go now«, sage ich.

»Perhaps it's better to call her parents.«

»Bad idea«, sage ich, »they are really busy at the moment. Please don't add up to their distress. I'll find the right moment for talking with them and then I'll come back to you.«

Wieder verstummt die Musik. Ein Stuhl fliegt mit einem Knall um, mehrere Kinder fangen an zu weinen.

Weil die Erzieherin mich aufgehalten hat, erreiche ich die Sprachschule nicht rechtzeitig, und ich kenne das Gesicht der Lehrerin, wenn sich ein Schüler verspätet, noch dazu, wenn er in den vergangenen zwei Wochen unentschuldigt fehlte. Durch die Tür höre ich ihre Stimme, die Ös, die Üs, die Zischlaute. Ich müsste die Klinke herunterdrücken und mich auf Ungarisch entschuldigen, doch das richtige Wort fällt mir nicht ein.

»Please open your books on page fifty«, höre ich die Lehrerin sagen, dann wird die Welt weiß. Von draußen höre ich Autos und Busse. Ich höre ungarische Wörter, ich rieche Dreck und Reinigungsmittel und den Hauch eines süßen Parfüms, und unter meinen Fingern spüre ich die raue Wand. Als ich Wand und Tür wieder sehen kann, ist es zu spät, um den Raum zu betreten. Ich brauche den Kurs ohnehin nicht mehr. Ich kann einfache Sätze bilden, ich habe ein Grammatikgerüst im Kopf, und was ich nicht weiß, lerne ich durch Hinhören oder im Internet.

Die Haushälterin empfängt mich mit einer riesigen Portion Paprikagulasch. Ich trage den Teller unters Dach und fahre den Laptop hoch. Ehe ich meine E-Mails öffne, zähle ich bis hundert. Ich zähle auf Ungarisch, Zahl für Zahl. Schon wieder finde ich eine E-Mail von meiner Tante. Nach den ersten Sätzen – sie schreibt, dass sie mich nicht unter Druck setzen will, aber meine Eltern warten dringend auf eine Nachricht von mir –, nach den nichtigen Sätzen finde ich die Passage, für die das Zählen sich gelohnt hat: *Was hat die Mail zu sagen, die Julian mir geschickt hat, habt ihr wieder Kontakt? Er sorgt sich um dich, ist wirklich alles in Ordnung?*

»Er sorgt sich um mich«, flüstere ich und schreibe zurück: *Was hat er noch geschrieben, kannst du mir seine Mail weiterleiten?*, und in mein Handy tippe ich eine Nachricht an Lili und Marleen: *Er sorgt sich um mich! Wann kommt ihr vorbei, um die Fotos anzuschauen?*

Als ich die Kleine später hole, glüht ihr Gesicht, und die Erzieherin hält mich schon wieder auf: Wenn sich die Erkältung der Kleinen bis morgen nicht bessert, brauche ich sie gar nicht erst zu bringen. Die Kleine ist wirklich schwach. Sie schleicht förmlich zur Haltestelle, tragen darf ich sie nicht. In der Villa bereite ich ihr eine heiße Milch mit Honig, und weil sie mein Zimmer nicht betreten will, hole ich den Laptop nach unten und klicke mich dort mit ihr durch die Fotos von Thailand. Die Waage zeigt nach wie vor nur knapp dreizehn Kilo. Zum vierten Mal nenne ich ihr die Regeln für die 13-Kilo-Party: dreizehn Freunde, dreizehn Spiele, dreizehn Preise, aber erst, wenn sie über dreizehn Kilo wiegt. Sie fängt an zu weinen, und als Thomas zum Abendessen ruft, klammert sie sich am Bett fest.

»Im Kindergarten gibt es Probleme«, sage ich.

»Was für Probleme«, fragt Thomas.

»Das klären wir nach der Eröffnung«, sagt Meike, »München

hat den Imagefilm abgelehnt, angeblich wirken die Arbeiter depressiv. Wie soll ich in einer Woche einen neuen organisieren?«

Zum Einschlafen zeichne ich auf den Rücken der Kleinen den Flughafen, an dem ich meinen Freund erwarte. Ich zeichne den Kontrollturm und die Landebahnen, ich lasse Flugzeuge starten und landen, ich zeichne mich mit einem Lachen im Gesicht. Nach der dritten Wiederholung geht der Atem der Kleinen ruhiger. Aus dem Arbeitszimmer höre ich ungarisches Murmeln: Meike übt die Rede, die sie in einer Woche vor der Belegschaft halten wird. Aus ihrem Mund klingen die Vokale unschön, sie sollte sich mehr Mühe geben.

Ich fahre hinunter in die Stadt, meine Füße führen mich durch dunkle Straßen. Der Schnee der letzten Wochen taut, die Eispfützen schmelzen, und mit dem Eis schmilzt auch der Widerstand der Kleinen. Ich setze mich in eine Bar. Im Spiegel gegenüber sehe ich zwei ältere Herren eine Gans zerlegen, ich sehe zwei Frauen Spaghetti auf ihre Gabeln drehen, ich sehe eine junge Frau voller Zuversicht. Sie holt ihr Handy heraus, tippt eine Nachricht an ihren Freund und verschickt sie nicht. Sie braucht sie nicht zu verschicken, denn ihr Freund kommt bald. Bald kommt er, und alles wird gut.

Ein Handy klingelt, direkt neben mir, obwohl die anderen Tische nicht besetzt sind. Wahrscheinlich ist das Café so leer, weil die Heizung nicht funktioniert. Die Kellner stecken in ihren Daunenjacken, auch ich habe meinen Mantel nicht ausgezogen. Eigentlich wollte ich zu den Hasen gehen, dort hätte ich bestimmt meine

Freundinnen getroffen. In den letzten Wochen haben wir uns meistens verpasst. Aber vor der Synagoge lag ein Obdachloser, der zwar dicke Stiefel und eine Jeans, jedoch nur ein T-Shirt trug, und die dunklen Haare zwischen Mund und Nase waren mit einer Eisschicht bedeckt. Schnell bin ich in eine Seitenstraße ausgewichen und habe dort das erste Café betreten.

»It must be yours«, ruft ein Kellner mir zu.

Ich schüttle den Kopf, mein Handy klingelt anders. Das Klingeln verstummt und fängt wieder an, jetzt spüre ich die Vibration am Stuhlbein. Ich wühle in meiner Tasche, finde das Portmonee, den Roman, endlich mein Handy. Obwohl das Display dunkel ist, klingelt es weiter. Das muss das zweite Handy sein, das von Meike! Ich erwische den grünen Knopf nicht sofort.

»Bist du schon da? Woher hast du die Nummer?«

»Wieso gehst du nicht ran?«

»Ich war …«

Meike lässt mich nicht ausreden. »Warum hast du uns nicht ausgerichtet, dass die Kleine im Kindergarten einnässt? Wieso bringst du sie überhaupt hin, wenn sie Fieber hat? Und wie kannst du herumerzählen, dass unsere Ehe kriselt, wie kommst du dazu …« Bevor sie weitersprechen kann, bricht ihre Stimme.

»Können wir es kurz machen? Mein Freund kann jederzeit anrufen, da sollten wir die Leitung nicht blockieren.«

»Meinetwegen machen wir es kurz: Du bist entlassen, und dein Zimmer räumst du noch heute. Du kannst dir schon ein Hostel suchen. Hörst du mich? Hast du das verstanden?«

»Es wäre mir wirklich lieber, wenn wir später reden.«

»Um fünf Uhr bist du in der Villa. Wir müssen halb sechs zur Eröffnung, und vorher will ich dich sehen. Sitzt du in der U-Bahn? Dieses blöde Handy, wieso sagst du nichts?«

»Bis fünf Uhr«, sage ich und lege auf.

Kurz bleibe ich noch sitzen, um eine Nachricht zu tippen. Ich tippe: *Endlich geraten die Dinge in Bewegung*, und speichere auch diese Nachricht als Entwurf.

Als ich die Synagoge passiere, heben gerade zwei Sanitäter den dunklen Körper auf eine Trage und schieben ihn in ihren Wagen. Ich erhasche einen Blick auf das Gesicht, und dabei sehe ich, ich habe übertrieben. Zwar atmet der Mann nicht mehr, dafür ist die Eisschicht zwischen Mund und Nase zart und fragil. Sie ist rein, sie ist weiß, sie ist schöner als das meiste, was ich in meinem Leben gesehen habe.

Meike steckt in einem Etuikleid, als sie meine Entlassung wiederholt, und für meinen Geschmack ist ihr Lippenstift zu rot. Sie schreit fast, dabei sitzen wir nebeneinander, und soweit ich weiß, ist keine von uns schwerhörig. Wenn sie nicht schreit, ist es ganz still im Wohnzimmer, so still, dass wir das Tauwasser vom Dach tropfen hören.

»Es ist mir egal, ob du ein Hostel gefunden hast oder nicht«, schreit sie, »du ziehst sofort aus!«

»Eine Nacht kann sie noch bleiben«, sagt Thomas.

Ich bin mir nicht sicher, ob der Smoking ihn älter wirken lässt oder die Erkenntnis, dass der Moment gekommen ist. Jetzt muss er sich entscheiden. Wenn er seine Tochter retten will, muss er seine Frau aufgeben. Noch zögert er, vielleicht hat er zu lange geschwiegen.

»Sie verschwindet sofort«, sagt Meike.

»Und wenn sie auf die Schnelle nichts findet?«

»Kannst du dich nicht um ein Zimmer kümmern?«

»Soll ich nicht mitkommen?«

»Natürlich kommst du mit.«

»Wir müssen in zehn Minuten los.«

»Wie viele Beweise brauchst du noch«, frage ich, »hast du Angst, dass sie denkt, wir haben eine Affäre?«

Meike lacht auf. »Natürlich habt ihr keine Affäre!« Dann: »Ihr habt eine Affäre?«

»Was soll das«, fragt Thomas.

»Du siehst die Sache mit der Kleinen doch genauso wie ich«, sage ich, »du musst das Sorgerecht erkämpfen. Du kannst dich auf mich verlassen, ich sage für dich aus.«

»Hör auf damit«, sagt Thomas, »du bildest dir etwas ein.«

»Sie verschwindet sofort«, sagt Meike.

»Sie verschwindet morgen«, sagt Thomas, »sie ist immer noch Connys Nichte, und ich werfe sie nicht einfach hinaus.« Statt seiner Frau schaut er mir in die Augen. Ich habe das Gefühl, dass mich sein Blick zum ersten Mal seit dem neuen Jahr wirklich trifft, und ich fahre zusammen: Thomas spielt das alles nicht, ich habe ihn falsch eingeschätzt.

In meinem Bad dusche ich, bis Thomas' Blick nicht mehr in mir summt. Ich wundere mich, dass sich mein Schreck so leicht abspülen lässt. Fast bin ich erleichtert, wie klar die Dinge vor mir liegen. Ich drehe das Wasser heißer, krebsrot krieche ich in mein Bett. Die Decke umfasst meinen Körper sanft und warm. Bald wird mein Freund meinen Körper umfassen, und dann sind die letzten Monate vergessen. An seiner Seite fällt mir alles leicht, an meiner Seite fällt ihm alles leicht. Wir sind einander die Luft, die wir atmen, das Brot, das wir essen, der Wein, den wir trinken. Wir sind ein einziges Wesen, und ohne den anderen sind wir nichts.

Irgendwann klopft es an meiner Zimmertür, die Haushälterin hält mir das Telefon hin. Als ich den Hörer entgegennehme, achte ich darauf, mit meinen Fingern ihre weiche Hand zu berühren.

»Hast du das mitbekommen«, frage ich, »wir sind nur noch zu zweit. Aber wir retten die Kleine.«

Ehe ich weiterreden kann, schallt mir die Stimme meiner Tante entgegen: »Du musst ein bisschen lauter sprechen. Sag schon, was ist passiert?«

Nichts, was sie sagt, überrascht mich. Von Deutschland aus ist es schwer, die Situation einzuschätzen. Wäre sie hier, würde sie sich von Thomas und Meike nicht blenden lassen. Meine Tante ist eine gute Beobachterin. Sie arbeitet seit zwanzig Jahren mit Kindern und weiß alles über das Leben. Aber auch sie kann sich irren. Es ist nur ungünstig, dass das gerade jetzt passieren muss.

»Und es geht mir nicht darum, wie ich dastehe! Das ist mir egal, ich kenne Thomas und Meike lange genug. Wenn ich könnte, würde ich ihnen widersprechen. Aber ich mache mir selbst Sorgen. Ich verstehe deine Mails schon lange nicht mehr, und Julian hat geschrieben, dass eure Trennung dich völlig verändert hat. Er meint, du brauchst Hilfe. Brauchst du Hilfe? Ich kenne Therapeuten, ich kann dir einen Telefontermin besorgen.«

»Es fehlen nur noch zweihundert Gramm.«

»Zweihundert Gramm?«

»Bis zur 13-Kilo-Party.«

»Wie meinst du das?«

»Das war deine Idee! Und dann kommt er, so haben wir es vereinbart. Sagst du ihm, dass für seinen Besuch alles bereit ist?«

»Wovon redest du?«

»Davon, dass die Kleine nicht sterben wird. Wenn ich mich nicht um sie gekümmert hätte, wäre sie längst tot.«

»Ist sie krank?«

»Eine kleine Erkältung, wie es aussieht.«

»Und wer stirbt?«

»Sie stirbt nicht, das habe ich gerade gesagt.«

»Hör mal, ich rufe morgen wieder an, oder ich hole dich einfach ab. Ich komme mit dem Auto, und wir laden alles ein.«

»Ich gehe nicht zurück. Wenn es in zwei Tagen mit den dreizehn Kilo geklappt hat, kommt Julian, und dann schauen wir uns die Stadt an. Zuerst will er ins Fotografiemuseum. Bestimmt mag er meine Freundinnen, und mit Micki wird er sich auf jeden Fall gut verstehen.«

»Ich glaube, wir kommen hier nicht weiter. Kannst du mir Meike geben?«

»Die ist nicht da«, sage ich, »mach's gut.«

Im Kinderzimmer finde ich die Haushälterin. Sie hockt neben dem Bett und lässt einen Rosenkranz durch ihre Finger wandern, und sie steht nicht auf, als ich sie um das Abendessen bitte. Bestimmt ist es besser, wenn sie sich schont. Die nächsten zwei Tage werden anstrengend für sie, und ich kann mir mein Essen selbst aufwärmen. Ich fülle Suppe in einen tiefen Teller und esse auch weiter, als ich längst satt bin.

Gemeinsam mit den Demonstranten bleibe ich wach. Ich harre am Laptop und sie am Autowerk aus. Selbst aus Deutschland sind sie angereist, und nach einer Bombendrohung wurden die Einsatzkräfte erneut verstärkt. Eigentlich müsste ich mich mit eigenen Augen von der Situation am Werk überzeugen, aber ich darf meinen Posten in der Villa nicht verlassen. Dafür überlege ich genau, welchen Nachrichten ich Glauben schenke. Die deutschen Onlineportale schreiben nur von der Eröffnung, nicht von einer Gegendemonstration, und das hilft mir nicht. Nach einer Weile stoße ich auf einen privaten Twitteraccount, der mir zuverlässig erscheint. Der Twitterer muss sich in der Menge vor dem Werk befinden. Ich sehe Köpfe, Kapuzen, Transparente. Auf einem verwackelten Videoclip werden die Insassen einer Limousine ausgebuht. Ich schaue mir die Aufnahme mehrmals an. Es ist nicht zu erkennen, wer aus dem schwarzen Fahrzeug steigt.

Als Thomas und Meike zurückkommen, tief in der Nacht, sitze ich noch immer vor dem Laptop. Sie legen sich schlafen, ich schlafe nicht, und auch die Demonstranten bleiben wach. Gegen sechs Uhr finde ich die erste Meldung auf einem deutschen Onlineportal: Im fünften Bezirk versammeln sich immer mehr Menschen, und es handelt sich längst nicht nur um Regierungsgegner, sondern auch um Anhänger des Präsidenten. Auf einer Seite ist von fünftausend, auf einer anderen von siebentausend die Rede, und eine Seite spricht von zehntausend Demonstranten und bürgerkriegsähnlichen Zuständen. Auf anderen Portalen lese ich, dass die Lage unter Kontrolle ist, dass ausreichend Einsatzkräfte vor Ort sind, dass der deutsche Botschafter Ruhe zu bewahren rät.

Um sieben Uhr geht der erste deutsche Liveticker an: *Nach offiziellen Angaben schrecken die oppositionellen Kräfte vor Schusswaffengebrauch nicht zurück. Der Präsident wendet sich an die EU: Lassen Sie unserem Volk seine Souveränität!* Gegen halb acht beginnt mein Handy zu klingeln und hört von kurzen Pausen abgesehen bis neun Uhr nicht mehr auf. Ab und zu klingelt auch das Telefon im Erdgeschoss. Es gehen mehrere Nachrichten ein. *Fahr sofort zum Flughafen*, schreiben meine Eltern, *wir bezahlen dir jeden Flug!* Zwanzig Minuten später soll ich die Villa plötzlich nicht mehr verlassen: *Geh nur, wenn deine Gasteltern gehen! Fahrt selbst, setzt euch auf keinen Fall in ein Taxi!* Ich gehe ohnehin nicht zurück, und meinen Platz vor dem Laptop verlasse ich nur, wenn ich dazu gezwungen werde. Ich will sehen, wie die Demonstranten das Werk stürmen, wie sie die Aktenordner aus den Regalen reißen, die Fließbänder zerlegen und die Scheiben der fabrikneuen Autos einschlagen. Vor allem sollen sie den ersten kompletten Wagen zerstören, sie sollen ihn zertreten, ihn völlig auseinandernehmen. Zuerst wehrt sich das Blech, dann fliegen Schrauben durch die Luft, und es ist so, als hätte es den Wagen nie gegeben.

Ich höre die Haushälterin im Zimmer der Kleinen reden, ich höre Thomas und Meike im Erdgeschoss sprechen. Meike will die Party absagen, Thomas ist dagegen. Mitten im Streit bringt der Lieferservice die Platten und einen zweiten Kühlschrank. Dass er bis zur Villa gekommen ist, ist für Thomas der Beweis, dass die deutschen Zeitungen übertreiben. Ich höre meinen Namen, Thomas sagt: »Die ist längst weg.«

»Sie ist hier«, sagt Meike.

»Das traut sie sich nicht.«

»Ich sehe nach.«

Schon wieder klingelt es, diesmal ist es die Floristin. Später kommt die Innenausstatterin mit der Tischdekoration und der Nachricht, dass der fünfte, sechste und siebte Bezirk abgeriegelt sind. Von Ferne hat sie die Straßensperren gesehen, niemand darf hinein und niemand heraus. Sicher verspätet Steffi, das Serviermädchen, sich aus diesem Grund. Sie arbeitet auch als Aupair und will sich heute Abend für eine Reise durch China etwas dazuverdienen. Ursprünglich sollte sie sich nur um das Getränkebuffet kümmern, jetzt ist sie auch für die Kinder verantwortlich, das war eigentlich meine Aufgabe. Ich höre Thomas aus seinem Arbeitszimmer rufen: »Wenn sie nicht gleich auftaucht, lassen wir jemanden von der Zeitarbeitsfirma kommen.«

»Wie wäre es«, ruft Meike zurück, »wenn du noch mehr Hektik verbreitest?«

Das nächste Klingeln bringt mich zum Staunen: Thomas und Meike haben den Kinderarzt gerufen. Allerdings handelt es sich um denselben, der bei der Kleinen weder Allergien noch Unverträglichkeiten finden konnte. Hoffentlich kennt er sich mit Fieber besser aus. Ich schleiche in den ersten Stock und gehe vor dem Kinderzimmer in Position. Auf dem Spielteppich sehe ich Thomas' dunkle Socken und Meikes helle Pumps, ich sehe die schwarzen Schuhe der Haushälterin und die glatten Lederschuhe des Arztes. Thomas sagt, dass das Fieber in der Nacht auf vierzig Grad gestiegen ist. Die Kleine muss die Arme heben und husten.

»Wenn ihre Temperatur heute Nacht wieder so steigt«, sagt der Arzt, »rufen Sie mich an. Vielleicht sollte sie dann besser ins Krankenhaus.«

Von den Fieberzäpfchen soll die Kleine nicht mehr als zwei am Tag bekommen, höre ich noch, dann geht der Arzt auf die Tür zu, und ich schleiche nach unten.

Zum ersten Mal seit langer Zeit scheint die Sonne, in der Luft liegt der Frühling. Ich wickle mir den Schal vom Hals. Am Aussichtspunkt setze ich mich auf meine Bank und nehme den Roman hervor. Ich bin müde und hungrig, immer wieder verliere ich die Zeile. Aber bis morgen will ich noch ein paar Kapitel schaffen, damit ich mit meinem Freund darüber reden kann. Die Sonne lässt die Kuppel des Parlamentsgebäudes glitzern, sie lässt die weißen Schollen auf dem Fluss glitzern, sie lässt das Glasdach eines Ausflugsdampfers glitzern. Ein Strahl blendet mich, ich schließe die Augen. Als ich sie wieder öffne, sehe ich Lili. Sie trägt einen neuen Mantel und eine rote Mütze, mit ihrem unbeschwerten Gang biegt sie in unsere Straße ein. Vielleicht hat sie meine Einladung angenommen, vielleicht kommen auch meine anderen Freundinnen. Ich will ihnen endlich die Fotos zeigen. Aber ich darf die Villa erst im Dunkeln wieder betreten. So gut ich kann, lese ich weiter. Zwischendurch pinkele ich hinter einem Gebüsch ein gelbes Loch in den Schnee.

Als ich die Tür zum Wohnzimmer öffne, ist die Feier schon in vollem Gang. Vorerst bleibe ich im Flur, hier kann ich mich hinter Jacken und Mänteln verbergen. Aus dem Wohnzimmer schauen mich zwei Couchgarnituren an, zwei Flügel, zwei geplünderte Buffets. Noch nie war das Spiegelbild in der Glasfront von einer solchen Präzision. Auch Meike gibt es doppelt, mit ihren schmalen Lippen und ihren kalten Augen. Mit zwei Gabeln schlägt sie gegen zwei Gläser und hebt die Stimme nur wenig, um die Gesellschaft zum Schweigen zu bringen. Auf Englisch sagt sie, dass ihr Mann und sie überlegt haben, die Party abzusagen. Wegen der Gäste, die eine weite Anreise auf sich genommen haben, haben sie sich dagegen entschieden. Einen Grund zum Feiern gibt es allerdings nicht, deshalb möchte sie keine Rede halten.

Was folgt, ist nichts anderes als eine Rede, aber diese Doppelzüngigkeit wundert mich nicht. Es ist wirklich nicht nötig, in aller Ausführlichkeit ihre Reaktion zu schildern, als München ihr vor zweieinhalb Jahren die Stelle im Werk angeboten hat. Jeder im Raum kennt die Probleme, vor denen Thomas und sie gewarnt wurden, extreme Bürokratie, hierarchische Strukturen, allergische Reaktionen auf Erfolgsrezepte aus dem Westen, und natürlich haben sie im Vorfeld nicht damit gerechnet, dass kein einziges dieser Probleme eintreten würde. Weil nämlich völlig andere Probleme eingetreten sind, fährt Meike fort und bringt damit die Gäste zum

Lachen, und damit meint sie nicht den Schnaps, den sie vor, während und nach jeder Mahlzeit trinken muss, und nicht die alte Schule ihrer männlichen Verhandlungspartner. Jeden Montag telefoniert sie mit München, und dort versteht niemand, dass in diesem Land Daten grundsätzlich nicht zum gewünschten Termin vorliegen und dass sie pro Woche mindestens drei Geschäftsessen absolvieren muss, auch mit dem Cousin der Hallenaufsicht, weil der eventuell jemanden kennt, der eventuell jemanden kennt, der eventuell jemanden vom Zoll kennt. Zuletzt bedankt Meike sich in viel zu vielen Worten bei Thomas, bei der Kleinen, bei der Haushälterin und bei ihren Freunden, die in der heißen Phase so nachsichtig waren, und bittet darum, nicht zu applaudieren.

Die Gäste verteilen sich wieder im Raum, ich bleibe im Flur und halte Ausschau nach Lili. Ich kenne nur wenige Gesichter, auf der Couch beispielsweise sitzt die Mutter der großen Anna. Sie ist schlank und stolz wie immer, sie hilft mir nicht. Schuscha kann ich nirgends entdecken. Auf Schuscha ist Verlass, solche Leute laden Thomas und Meike nicht ein.

Als Thomas und Meike in der ersten Etage verschwinden, setze ich mich in Bewegung. Ich verberge mich hinter breiten Rücken und fahre über den steifen Stoff der Decken, über Krümel, feuchte Flecken. Eine Tischdecke liegt mit der Bügelfalte nach unten statt nach oben, diese Tischdecke bin ich. Gespräche dringen an mein Ohr, auf Deutsch, auf Englisch, auf Ungarisch. Es geht um die Sommerhitze, um das deutsche Lebensmittelgeschäft, um Meikes Karriere und ihre nächsten Schritte. Ich verstehe alles, ich beherrsche alle Sprachen. Nur manchmal klirrt ein Glas zu hell, oder eine Gruppe lacht zu laut, und ich verliere den Faden. Unbemerkt schlüpfe ich ins Esszimmer und von dort in die Küche.

Eine blickdichte Strumpfhose, Absatzschuhe, ein strenger Rock – die Servieruniform macht einen anderen Menschen aus Lili, aber keinen, der weniger liebenswürdig wirkt. Ich habe nicht gewusst, dass Lili als Serviermädchen arbeitet. Das ist mein Glück. Lili und ich sind ein perfektes Team, wir sind Freundinnen, wir lassen einander niemals im Stich.

»Lili«, sage ich.

Lili fährt zusammen. »Du bist noch da? Die Haushälterin meinte, du bist ausgezogen.«

»Was hat mein Freund gesagt?«

»Was meinst du?«

»Hat er dir nicht seine Ankunftszeit geschickt?«

»Wir haben hier noch ziemlich viel zu tun, und um zwölf Uhr bin ich mit den anderen verabredet.«

»Zwölf Uhr kommt er an?«

»Wurdest du wirklich hinausgeworfen?«

»Meine Gasteltern lassen ihre Tochter verhungern, hat die Gute Seele dir das gesagt?«

»Was soll das heißen?«

»Juli isst nichts, und ihren Eltern ist das völlig egal.«

»Wer ist Juli?«

»Seit ich hier bin, hat sie keinen Bissen gegessen.«

»Meinst du Tabea? Das kann nicht sein.«

»Du kannst die Gute Seele fragen.«

»Ich glaube dir nicht.«

»Frag sie«, sage ich, »frag sie schon.«

Während die beiden reden, sieht Lili statt der Haushälterin mich an.

»Glaubst du mir jetzt?«

»Sie hat vorhin schon gesagt, es ist richtig, dass du nach Hause fährst. Sie hat gesagt, die Stadt hat dir nicht gut getan, und du tust Tabea nicht gut.« Sie verstaut die nächste Platte in einer gelben Plastikwanne.

»Nicht so schnell«, sage ich und greife mir ein Schnittchen, »ich habe heute noch überhaupt nichts gegessen.« Ich wende mich an die Haushälterin. »Außer auf mich darfst du auf niemanden mehr hören. Morgen retten wir die Kleine, ich erkläre dir jetzt meinen Plan.«

Die Haushälterin schüttelt den Kopf.

»Du brauchst keine Angst zu haben«, sage ich, »wir finden eine neue Stelle für dich, und wenn das nicht schnell genug geht, unterstütze ich dich für den Übergang.«

Es ist nur ein kurzer Satz, den die Haushälterin erwidert, aber sie spricht ihn so schnell aus, dass ich ihn nicht verstehe. Ich frage Lili: »Was sagt sie?«

»Habt ihr es mitbekommen?« Meike steht plötzlich im Türrahmen, ich trete hinter ein Regal. »Es gibt Tote.«

»Am Werk«, fragt Lili.

»Überall.«

»Was heißt überall?«

»In der Innenstadt«, sagt Meike, »das ist meine Schuld. Ich hätte diesen Job niemals annehmen dürfen.«

Ich trete aus meinem Versteck hervor. »Morgen kommt mein Freund«, sage ich, »da gibt es keine Toten. Du musst etwas falsch verstanden haben. Ihr müsst beide etwas falsch verstanden haben.«

»Was machst du noch hier«, ruft Meike.

»Ich habe nichts falsch verstanden«, sagt Lili, »und gerade hat die Haushälterin gesagt, du sollst gehen.«

»Kennt ihr euch«, fragt Meike.

»Das hat sie bestimmt nicht gesagt«, sage ich, »und das Hostelzimmer kann ich erst morgen beziehen. Lili und ich sind Freundinnen. Wir haben Silvester zusammen gefeiert, und sie hilft mir, eine Wohnung zu finden. Mein Freund hat eine Postdoc-Stelle an der Uni bekommen, und ich mache ab dem Herbst meinen Master. Wir werden hier wohnen! Und im Sommer fahren wir an den Balaton.«

Langsam steige ich nach oben, Meikes Rufe halten mich nicht auf. Nichts bringt mich mehr zum Stolpern, auch nicht die niedrigen Stufen, und dass es noch eine Weile gegen meine Zimmertür klopft, kümmert mich nicht. Ich bleibe nur noch wenige Stunden, solange lasse ich niemanden herein.

Es ist dunkel, als ich die Villa verlasse, aber auf der anderen Flussseite wartet schon der Tag. Stille liegt über dem Rosenhügel, und die Luft ist wärmer als sonst. Oder sie kommt mir wärmer vor, weil ich unter meinem Mantel den Kapuzenpullover meines Freundes trage. Nicht nur die Wolle wärmt mich, sondern auch der Geruch, der immer noch darin liegt. Außerdem ist der Körper der Kleinen heiß. Ehe ich sie aus dem Bett gehoben habe, habe ich ihr zwei Fieberzäpfchen eingeführt. Über Nacht hat ihre Haut einen anderen Ton angenommen, sie ist glatter, fast wie Wachs. Die Kleine kommt mir schwerer als bei meiner Ankunft vor. Bestimmt ist sie schwer genug.

An der Bushaltestelle setze ich den Rucksack ab, in dem ich alles trage, was wir in den nächsten Tagen brauchen, Flu, Flo und Fla, den Roman, Klamotten zum Wechseln, Eintrittskarten fürs Tanztheater und Kekse, Äpfel, Reste vom Buffet. Der Bus kommt nicht, und ich gehe weiter. Außer uns beiden ist niemand unterwegs, still setze ich einen Fuß vor den anderen. Dass ich mich in der Haushälterin getäuscht habe, wundert mich. Trotz allem wünsche ich ihr das Beste. Ich wünsche ihr, dass ihre Enkel mit dem Examen in der Tasche in die Stadt zurückkehren und sich vor Ort eine Anstellung suchen, bei der sie genug verdienen, um die Haushälterin von ihrer Arbeit zu erlösen, und dass sie Mädchen kennenlernen und heiraten und dass diese Mädchen der Haushälterin Urenkel schenken.

Der Weg hinunter in die Stadt ist weit, aber das stört mich nicht. Es stört mich auch nicht, dass nur jede dritte Laterne funktioniert. Ihr Licht reicht aus, um die Schilder zu erkennen: *Pflichtgetreuer Hund. Don't even think of parking here.* Ich kann auch erkennen, dass im Kofferraum des roten Wagens, aus dem grauen Filzbezug, zwischen Plastiktüten und Scherben – dass im Kofferraum des Wagens, von dem ich dachte, er würde sich in Luft auflösen, doch das hat er nicht, es ist viel besser – dass im Kofferraum das erste Grün hervorbricht, zwei zarte Halme, einer für meinen Freund, einer für mich.

Der Wind bringt die Margaretenbrücke zum Schwingen, ich spüre die Vibration bis in den Unterleib. Im Fluss fließt bereits eine Ahnung des blauen Himmels. Bald schwärmen die Touristen aus. Sie bewundern die Matthiaskirche und die Synagoge, und wenn sie sich ihr romantisches Wochenende von der schwarzen Schicht auf den Straßen verderben lassen, von den verkohlten Autos und den herausgerissenen Pflastersteinen, von dem Schuh im Rinnstein und den roten Flecken auf dem Asphalt, dann sind sie selbst schuld. Sie müssen ihre Fotos eben geschickt machen, sodass die Flammen nicht zu sehen sind, die beim Parlamentsgebäude in die Luft schlagen, und wenn sie Videoclips drehen, schneiden sie die Schüsse später besser weg. Es sind viele Polizisten unterwegs. Sie bedeuten mir umzudrehen, ich laufe die Margaretenbrücke zurück. In meinem Rücken geht die Sonne auf, und auch in mir wird es von Minute zu Minute heller.

Die U-Bahn-Station ist gesperrt, und erst jetzt fällt mir auf, dass mir heute kein Bus, keine Straßenbahn begegnet ist. Ich mustere jedes Taxi genau. Der Wagen, den ich anhalte, trägt im Nummernschild den Geburtstag meines Freundes. Ohne dass ich ihn darum bitten muss, schaltet der Taxifahrer die Gelduhr ein. Wir fahren einen weiten Bogen um die Stadt. Die Fahrt vergeht ohne ein Wort und ohne dass der Fahrer zu stark auf das Gas tritt oder zu stark bremst. Am Flughafen gebe ich ihm weit mehr, als die Anzeige verlangt.

In der Ankunftshalle liegt ein roter Teppich. Ringsum stehen Fotografen mit den Kameras im Anschlag und noch mehr Polizisten.

Es wäre verrückt anzunehmen, dass diese Leute wegen meines Freundes hier sind. Es ist bedeutungslos, wen sie erwarten. Es ist nur wichtig, dass sie verschwunden sind, wenn er kommt. Sie sind laut, sie heizen die Ankunftshalle auf, sie riechen nach billigem Kaffee. Die Kleine auf meinem Rücken räkelt sich.

»Juli«, flüstere ich, »wir sind am Flughafen.«

»Muss ich sterben«, fragt die Kleine.

»Wenn mein Freund kommt, stirbst du nicht.«

»Und wenn ich doch sterbe?«

»Zuerst finden wir heraus, in welcher Maschine er sitzt«, sage ich, »und zu sterben wäre nicht das Schlimmste.«

Um zwölf Uhr landet kein Flugzeug aus Deutschland, es landet überhaupt keine Maschine um diese Zeit. Dafür ist um elf Uhr dreißig ein Flugzeug aus Berlin angekündigt, in dem mein Freund ebenso sitzen könnte wie in dem Flugzeug aus Hamburg, das um zwölf Uhr dreißig ankommen soll und bereits als verspätet gemeldet ist. Wahrscheinlich werde ich ein paar Stunden warten müssen. Warten hat mir noch nie etwas ausgemacht.

Auf einmal jubeln die Leute, Blitzlichter zucken in meinen Blick. Jemand schiebt mich zur Seite. Ich will mich festhalten, sehe jedoch nichts als Weiß. Meine Hand bekommt die Lehne einer Plastikbank zu greifen, vorsichtig nehme ich Platz und setze die Kleine auf meinen Schoß. Ich höre Applaus und Lachen und warte, dass das Weiß verschwindet. Als mein Blick wieder vollständig ist, hat die Ankunftshalle sich fast geleert. Ein oder zwei Leute sitzen auf Plastikbänken wie ich, am Rand schläft ein Mann mit dem Kopf auf seinem Rucksack. Eine Frau schiebt einen Reinigungswagen durch die Halle. Ihr Kittel und der Wagen sind schneeweiß. Ich wechsle auf eine Bank, von der aus ich die Schiebetüren bequem sehen kann.

»Nicht mehr lange«, sage ich. Die Kleine ist eingeschlafen. Als ich über ihre Stirn streiche, kann ich nicht sagen, ob ihr Kopf heiß oder kalt ist, ob sie schwitzt oder friert. Sie bekommt nicht mit, wie ich mit meiner Hand in ihre Hose fahre und ihr noch ein Fieberzäpfchen einführe. Eine Ansage ertönt. Männer und Frauen sammeln sich an den Schiebetüren der Gepäckausgabe. Manche stehen still, manche treten von einem Bein aufs andere, manche halten Handys, manche Schilder. Ich weiß, dass mein Freund erst am Mittag landet, und doch macht mein Herz jedes Mal einen Sprung, wenn die Schiebetüren zur Seite gleiten. Die Reisenden kommen einzeln, zu zweit, in Gruppen, ihre Koffer klacken über die Kacheln. Ein Paar schließt sich in die Arme, ohne dabei herumzuwirbeln. Es lacht nicht, es küsst sich nicht einmal besonders lange. Als die Stewardessen ihre kleinen Trolleys durch die Schiebetüren ziehen, weiß ich, dass mein Freund in dieser Maschine nicht gesessen haben kann.

Auch wenn ich die Uhr über den Schiebetüren nicht erkenne, vergeht die Zeit. Die Zeit vergeht immer. Die Kleine atmet langsam und laut, ich atme schnell und leise. Mit jedem Atemzug kommt mein Freund näher. Wieder schiebt sich Weiß in meinen Blick, diesmal dauert es länger, bis die Welt zurückkehrt. Wenn ich die Schiebetüren im Blick behalte, landet mein Freund bald. Wieder wird alles weiß, ich sehe die Türen nicht mehr, aber ich behalte sie im Blick. Die nächste Ansage ertönt. Lachen, Stimmen, wieder eine Ansage. Auch als ich spüre, wie die Kleine von meinem Schoß rutscht, lasse ich die Schiebetüren mit meinem Blick nicht los, auch nicht, als eine Hand nach meiner Schulter greift, als mich jemand rüttelt, als die fremden Stimmen immer lauter werden.

Die Autorin dankt der Kulturstiftung des Freistaats Sachsen, der Akademie Schloss Solitude, der Stadtmühle Willisau und der Stadt Erfurt für die Unterstützung der Arbeit an diesem Buch. Für Recherchemöglichkeiten dankt sie dem Institute for Advanced Study an der Central European University und dem József Attila Kör in Budapest sowie dem Nikolaus-Lenau-Haus in Pécs. Ein herzlicher Dank geht an Moni und David.

Katharina Bendixen
Gern, wenn du willst
Erzählungen
120 Seiten, 14.80 Euro
Taschenbuchausgabe
ISBN 978-3-940691-65-1

Die dreizehn Geschichten aus *Gern, wenn du willst* erscheinen alle aus einem Guss.
Junge Welt

Hingetuschte Lebensverunsicherungen sind diese kunstvoll verdichteten Kleintexte. Trotz seiner Empfindlichkeitsemphase sollte man diesen Band auf keinen Fall als Befindlichkeitsprosa missverstehen.
Frankfurter Allgemeine Zeitung

Bendixen unterläuft Erwartungshaltungen. Dennoch fällt es dank knapper, anschaulicher Schilderungen leicht, in die Geschichten hineinzufinden.
Neues Deutschland

Katharina Bendixens zweites Buch ist ein sehr gelungenes Buch. Plätze und Handlungen sind sehr originell, es passt alles zusammen, eine echte Empfehlung, auch wenn es ein bisschen düster ist.
Mitteldeutscher Rundfunk